「そんなに見られると、このへんに穴が空きそうですよ」
貴史はペットボトルから口を離し、顎を擡げて喉仏の
あたりを指でつーっと撫でた。
（本文より）

BBN
B•BOY NOVELS

艶乱《いろのみだれ》

遠野春日

イラスト／円陣闇丸

この物語はフィクションであり、実際の人物・団体・事件等とは、一切関係ありません。

CONTENTS

艶乱《いろのみだれ》 7
あとがき 230

艶乱
いろのみだれ

■■■

ロサンゼルス発の便が到着したばかりの成田《なりた》空港入国審査場は旅客で溢《あふ》れていた。各カウンターには長蛇の列ができている。

少し遅れて飛行機から降りた男は、混雑した場内を見渡してチッと小さく舌打ちすると、日本国籍を持つ人々の列に並んだ。

帰国するのは久しぶりだ。八年、いや、九年ぶりになるだろうか。

父親が死んだと報《しら》されて葬儀のために戻って以来、日本には足を踏み入れていなかった。父の死をきっかけに母や妹たちと連絡を取り合う回数もめっきり減り、ここ数年は実質断絶状態だ。自分自身はアメリカで始めた事業がそれなりにうまくいき、今では生活の基盤は向こうにある。

おそらく、あの男から連絡をもらわなかったなら、当面は帰国しなかっただろう。

ずっと胸の奥に燻《くすぶ》らせ続けてきた苦い思いが喉元まで迫《せ》り上がってくる。それをグッと呑み込みながら、隣の列に並んだ長髪の男にちらりと視線をくれる。

列は遅《ち》々《ち》として進まず、短気な男は次第に苛ついてきたが、係官が一人増え、窓口を一ヶ所新たに開放したので、いち早くそちらに移動した。おかげであのまま並んでいた場合と比べて格段に早く審査を受けて通過することができた。列を変わる寸前までほぼ隣にいた長髪の男が、いまだに十何番目にいるのを見て、己の要領のよさにほくそ笑む。

すでにターンテーブルは動いており、タイミングよく流れてきた自分のスーツケースを受け取ってさっさと税関に向かった。

「何か申告するものはありませんか」

パスポートを開いて見ながら税関職員に聞かれ、「ないよ」と首を振る。

職員に上目遣いで顔を見られて一瞬ヒヤリとしたのは、日本に戻ってきた目的に気づかれるのではないかとあり得ない想像をしたせいだ。

だが、それ以上は何も聞かれることなくパスポートを返され、税関を無事に通過した。

指定された駐車場に行くと、迎えの車はすでにスペースに駐まっていた。

運転席の男と目が合う。後ろにも一人乗っているのが見てとれた。

トランクにスーツケースを入れ、後部座席のドアを開ける。

黒いソフト帽を目深に被《かぶ》り、濃いサングラスを掛けた男が嗄《しゃが》れ気味の声で言う。

「ほぼ時間どおりだったな」

「あんたが竹林《たけばやし》さんか？」

「そうだ」

男はおもむろにサングラスを取って顔を見せた。

会うのは初めてだが、インターネット電話で画像を送り合って話したことがあり、そのときの相手に間違いない。色黒で、ぎすぎすした印象を受ける険しい顔立ち。なにより、右目の下の大きな痣《あざ》が特徴的だ。元成田組《なりたぐみ》の幹部だった男。

「久々に吸う日本の空気はどうだ」

「相変わらずクソだな」

間髪《かんはつ》容れずに言ってのけると、竹林は口を歪めて薄く嗤《わら》い、「ああ」と相槌《あいづち》を打った。

「俺もカタをつけたら、さっさとどこかへ行っちまいたいぜ」

「つくさ」

そのために準備万端整えてきたんだからな、と低めた声で続けると、竹林は表情を硬くして、黙って頷《うなず》いた。

「出せ」

竹林が運転席の男に命じる。

三人を乗せた車がスペースから出たのと入れ違いに、しなやかな体つきをした見栄えのする男がスーツケースを転がしながら駐車場に来た。

すらっとした立ち姿が優美で、肩に触れるほど伸ばした髪が男にしては珍しく、入国審査場でも人目を引いた男だ。

男は出口に向かう車の尻をちらりと見やり、すぐ興味なさそうに視線を逸《そ》らす。

男の車は、先ほど出ていったグレーのベンツが駐まっていたのと同じ並びにあった。英国産のクラシカルな雰囲気を持つ黒い車だ。

車のドアには鍵がかかっていなかった。

男はレバーを引いてトランクを開け、容量の大きな黒いスーツケースを積み込むと、スーツの上着を脱いで丁寧に畳み、助手席に置く。

ベストの下に着たシャツはピシッと糊《のり》が利いていて皺《しわ》一つない。ロサンゼルスから長旅をしてきたばかりとは思えない身嗜《みだしな》みのよさだ。

シートに座り、コンソールボックスを開ける。

中に、車のキーを入れた封筒とサングラスケースが仕舞《しま》ってあった。

サングラスをかけ、イグニッションキーを回す。

男は片手で悠然とステアリングを切り、空港を出て高速道路に乗った。

オーディオシステムのスイッチを入れると、あらかじめセットされていた音楽が、高性能のスピーカーを通して車内に流れだす。ラヴェルのピアノ曲『亡き王女のためのパヴァーヌ』だ。音楽はなんでも聴くが、運転中はクラシックがいい。

東京方面に向かって車を走らせながら、今のところはすべて順調だと満足していた。

偽のパスポートは相変わらず完璧な精巧さで、難なく入国審査を通過できた。それでも日本の警察は優秀だから、いつ舞い戻ったことを突きとめられるかしれない。

さっさと仕事を終わらせて出国すべきだと承知しているが、今回のターゲットはそう簡単に始末のつけられる相手ではない。守りも堅いし、おそらく本人がなかなか隙を作らないだろう。だが、そこをどうにかするのがプロだ。勝算はむろんある。あると思ったから引き受けた。

めったにお目にかかれない極上の獲物なだけに、できれば満足いくまで相手を知り尽くし、充分楽しんだ上で最後の瞬間を迎えたい。考えただけで血が滾《たぎ》り、ゾクゾクする。

決して表情には出さないが、男は静かな興奮に包まれ、胸を逸《はや》らせていた。

1

横浜《よこはま》中華街のメインストリートから外れた戸建ての料理店に入っていくと、狭いながらエントランススペースがあり、女店主に出迎えられた。

六十を越えても体の線を崩さずにチャイナドレスを着こなしたマダムは、東原《ひがしはら》を見て、目鼻立ちのくっきりした顔を綻《ほころ》ばせる。目尻の皺や、深みを増した法令線《ほうれいせん》が年齢を感じさせはするが、その分、若い頃と比べて貫禄《かんろく》は増していた。

「お久しぶりね」

「よう。すっかりご無沙汰《ぶさた》だったな。元気にしてたか」

マダムとは昔からの馴染《なじ》みだ。かれこれ二十四、五年の付き合いになる。東原よりマダムのほうがだいぶ年上だが、過去には情を通じ合わせていた時期もあり、今でも顔を合わせると砕けた態度で接している。

「このとおりピンピンしているわよ。店もなんとかやっていけてるし」

「それなりに繁盛しているようでなによりだ。今夜は世話になるぜ」

ええ、とマダムはしっとり微笑む。

「お連れ様はもういらしているわよ」

「やっぱりな。俺より早いと思っていたぜ。なにせ真面目一徹の優等生様だからな」

東原は茶化《ちゃか》した口調で言ってニヤッと笑うと、案内に立とうとするマダムを押し止めた。

「奥の個室だろ」

それだけ確かめ、カウンター横の階段を上がっていく。

一階は誰でも気軽に入れるカジュアルな雰囲気だが、二階は完全予約制でコース料理のみを提供する高級中華料理店だ。個室も大小二部屋あり、奥の方にあるのが四名以下で使用する少人数用の部屋だ。

ドアを軽くノックして開けると、先にテーブルに着いていた男が、しかつめらしい顔つきのまま、来たかという眼差《まなざ》しを眼鏡の奥から向けてきた。

黒いスーツに、黒を基調とした細かな柄入りのネクタイを締め、髪は一筋の乱れもなくきっちりとオールバックにしている。冗談の一つも通じそうにない、職務に忠実な堅苦しいエリートといった印象だ。実際それはおおむね間違っていない。

「待たせたか」

「十分ほど前からここにいるが、おまえは時間どおりだ。べつに待たされてはいない」

「当然だ」

いちいち持って回った言い方をするやつだと閉口しつつ、東原も不遜《ふそん》に返事をする。

どちらも自己主張が強く、交わす遣《や》り取りも無遠慮で容赦ないことが多いため、傍目《はため》には折り合いの悪そうな男たちだと映るかもしれない。だが、このエリート然とした鼻持ちならない男と東原とは、優に二十年を越す付き合いだ。こうして直接顔を合わせるのは数年ぶりだが、電話ではときどき話しているので、久々だという気はしない。

男の名は樺島宣彦《かばしまのぶひこ》という。

東原と大学の同窓生だった樺島は、現在、警察庁勤務の官僚だ。同期に羨《うらや》まれるほどトントン拍子に出世街道を驀進《ばくしん》しており、この先まだまだ上に行くだろうと確実視されているらしい。

東日本最大規模の広域指定暴力団川口組《かわぐちぐみ》の若頭たる東原とは真逆の世界に身を置く男だが、二人の関係性はどれほど時を経《へ》ようと、立場が変わってしまおうと、揺らぐことなく保たれている。決しておおっぴらにできない繋がりなので、次はいつこうして同じテーブルに着いて酒を酌《く》み交わす機会があるかしれない。密会しているところをどこかの記者にでもすっぱ抜かれようものなら、東原はともかく、樺島にとっては身の破滅だ。それでも樺島は、どうしても今夜会おうと言って譲《ゆず》らなかった。今日という日は、二人にとって、そのくらい特別な日だった。

「とうとう二十年経ってしまったんだな」

紹興酒《しょうこうしゅ》で乾杯する際、樺島がしみじみとした口調でポツリと言う。

「ああ。まさに今日がちょうど二十年目だ」

なるべく湿っぽくならないようにしたいと思ってこの場に臨《のぞ》んだが、生前の和憲《かずのり》と最も深い関係にあった樺島の口からそんなふうに苦渋に満ちた言葉を聞くと、東原も感傷的にならざるを得なかった。

ふっ、と重苦しい溜息を洩らし、お燗《かん》にした紹興酒を呷《あお》る。

樺島もショットグラスを口元に運び、ゆっくりと唇をつける。アルコールは苦手で、普段はほとんど嗜まないはずだが、今夜は飲まずにはいられないようだ。電話でも、『飲みたいから付き合え』と言っていた。

グラスを持つ樺島の手に自然と目が行き、左手の薬指に飾り気のないプラチナの指輪がちゃんと嵌《は》められているのを見て安堵《あんど》する。今は今で己のために生きつつ、その一方で、二十年という年月が過ぎても和憲を忘れずにいてくれる親友の心根がありがたい。必要以上に縛られてほしくないと願いながらも、できることならこれからも兄の記憶を心の片隅に留めておいてくれたらとも思う。

「無理を言って悪かったな」

樺島は半分に減らしたグラスをテーブルに置くと、あらたまった様子で東原の顔を真っ直ぐ見据えてきた。

「誰が無理なんかするか」

東原は親しき仲ゆえの無遠慮さですげなく一蹴し、大皿に二人前盛りつけられた前菜を手元の小皿に取り分ける。

「むしろ無理をして時間を作ったのはおまえのほうじゃねぇのか。品川《しながわ》の強盗傷害やら、目白《めじろ》の放火殺人やら、未解決事件をまだいくつも抱えてんだろ」

「まぁ、それはいつものことだ。俺は現場には出ないし、直接捜査の指揮を執《と》るわけでもない。いざというときの責任は取らされるがな」

自虐《じぎゃく》めいてはいても、あくまでも飄々《ひょうひょう》とした態度で言ってのける樺島に、東原は「ふん」と小気味よさげに唇の端を上げた。

「そういった立場は俺の性には合わんが、おまえは昔から冷静沈着な理論派だったし、意外と根回しにも長《た》けているみたいだから、失脚しないよう上手く立ち回り、もっと上まで昇るがいい。俺も陰ながら応援している」

「近い将来川口組のトップになるだろうと目《もく》されている東原辰雄《たつお》からそんな言葉をもらうとは、俺もたいしたものだな。見返りが怖い気もするが」

「一晩俺のものになれば他には何も求めんと十年前から言っているだろうが」

「その悪趣味な冗談、いったいいつまで引っ張る気だ」

樺島は顰《しか》めっ面をしながら、戯《ざ》れ言に耳を貸す気はないとばかりにさらっと受け流す。

今までにも何度か同じ遣り取りをしてきて、そのたびに東原は「本気ならどうする」と揶揄《やゆ》を込めて返していたが、今日はそうは言わなかった。

「確かに、そろそろやめ時かもしれねぇな」

「ほう？」

どういう風の吹き回しだ、と訝《いぶか》しげに目を眇《すが》められ、東原もすっと真顔になる。

「カミさんとはうまくやっているんだろう」

「……まぁ、それなりに」

藪《やぶ》から棒な質問に樺島は僅《わず》かにたじろぎ、結婚指輪を嵌めた手を右手で隠すように覆うと、バツが悪そうに目を伏せた。

「おい、樺島。勘違いするな。俺はおまえを責めるつもりなんかこれっぽかしもねぇんだぜ。一昨年おまえが結婚すると報せてきたとき、俺は心の底から嬉しかった。いつまでも死んだ兄貴に拘《こだわ》ってないで、いい加減気持ちを切り替えたらどうだとずっと気になっていたからな」

「そうだったな」

落ち着かなそうに指輪を弄《いじ》りつつ、樺島は曇った表情で相槌を打つ。

結婚当初と指のサイズが変わったのか、指輪は簡単には抜けなくなっているようだ。べつに外してこの場に臨む必要はないし、外してこられたほうが東原としては複雑だったので、樺島にも変に気を遣ってほしくなかった。しかし、樺島には樺島なりの義理の立て方があるのだろう。

ちょっと頑固で、曲がったことが嫌いで、融通の利かないところがあるやつだった、と学生時代の樺島を思い出す。出会ったばかりの頃は、そうした性格が鼻につき、しょっちゅうぶつかり合っては険悪な雰囲気になったものだ。東原はといえば、中学、高校と教師に反抗的でサボリは日常茶飯事、奔放《ほんぽう》かつ不遜な、問題行動の多い生徒だった。

そんな、水と油ほども違っていた樺島と東原を結びつけたのは、三つ年上の兄、和憲だ。

和憲は東原とは似ても似つかず、物心ついた頃から利発で責任感と正義感の強い、よくできた子供だったらしい。小学生の頃から周囲に一目置かれていたが、中学生になるとぐんぐん身長が伸び、スポーツで鍛《きた》えた均整の取れた体軀と相俟《あいま》って、身内の贔屓目《ひいきめ》なしに憧れの対象となるような爽やかな好男子だった。学業成績もよく、人望があって、中学と高校の両方で生徒会役員を務めた。まさに優等生と称するのがぴったりの兄だったのだ。

和憲は、幼稚園時代から型にはまることを嫌って手がつけられないほどヤンチャだった東原の面倒もよく見てくれた。授業をサボってもうるさく言わず、サボるくらいならとサーフィンに付き合わせたりキャンプに連れ出したりすることもあった。緩すぎず硬すぎず、他人の意思を尊重し、寄り添うのが上手だったと思う。

誰からも好かれ、交際の申し込みも頻繁《ひんぱん》に受けていたようだが、高校を卒業するまでの間、恋人がいた形跡はなかった。中学に上がるやいなや年上の女性と深い仲になり、以降、相手を絶やすことがなかった東原とは、下半身の事情も全然違う。

なにごとにも真面目で誠実な和憲が、弟の同窓生である樺島宣彦と付き合うようになったのは、東原の与《あずか》り知らぬ場所での出会いがきっかけだったらしい。

大学一年の秋だったか、東原がキャンパスを歩いていると、ちょうど向かいから来た樺島が珍しく足を止めて「おい」と声をかけてきた。初対面のときからお互い気が合いそうにないと感じたのか、入学して早々にどちらからともなく距離を置くようになっていたはずが、どうした風の吹き回しかと訝った。あのときのことはいまだによく覚えている。

「ひょっとして、きみにはお兄さんがいるか」

日頃は顔を合わせても挨拶《あいさつ》すら交わさず無視し合うのが常だったため、声をかけたはいいものの樺島も気まずいのか、どこかぎこちなかった。

「いることはいるが、それがどうした」

樺島が東原の家族について突然聞いてくる理由がわからず、東原は身構えながら居丈高《いたけだか》に問い返した。樺島自身、それまでずっと避けてきた東原に友好的に接してもらえるとは端《はな》から期待していなかったはずだ。当時からかけていた眼鏡のブリッジを中指でツッと押し上げる仕草に緊張が見てとれた。

「いや。べつに。なんでもない」

「なんでもないって顔じゃねぇな。おまえ、俺の兄貴を知っているのか」

昔から東原は横柄《おうへい》で口が悪かった。べつに凄《すご》んでいるつもりはないが、教員たちからも引かれることがしばしばあり、傲岸不遜《ごうがんふそん》にキャンパス内を肩で風切って歩いていると思われていたようだ。東原に憧れて近づきになりたがる者も大勢いたが、眉を顰《ひそ》める者や怖がって避ける者も多かった。樺島も東原を快く思っていない一人だったに違いない。ただし、恐れたり萎縮したりすることはなく、東原に負けず劣らず不遜なところもあって、そこが東原の関心を引いた。

「東原和憲さん、か？」

「そうだ」

どうやら間違いないようだ。半ば返事はわかった上で確かめたのだろうが、樺島はひどく複雑な表情になり、ちょっと恨めしげに眇めた目で東原の顔を見据えてきた。そうでなければいいと心の奥底で願っていたのかもしれない。

「まるで似ていないから、まさかと思った」

「兄貴とどこで会った？」

「バイト先の進学塾だ。夏期講習からアシスタントをさせてもらっている」

「なるほどな」

他大学の四年に在籍している和憲も、その塾で臨時講師のアルバイトをしている。そうすると、二人は三ヶ月ほど前から面識があったことになる。徐々に親しく話をするようになり、最近になって弟が同じ大学の同窓生だと和憲から教えられたのだろう。

東原というのはそう珍しい苗字ではないが、性格こそまるで違えども顔立ちは似たところがある。よもやと思いつつ、樺島は聞いて確かめずにはいられなかったようだ。

そのとき交わした遣り取りはそれだけだったが、以降、なんとなく東原はそれまでとは違う意味で樺島を意識し始めた。

樺島も同様だったらしく、少し離れた場所にいても視線が絡むことが増え、顔を突き合わすことがあれば二言三言ポツポツ話すようになった。

和憲も樺島もひどく常識的な人間で、口が堅かった上にいざとなると完璧に感情を隠しおおせる精神的強さを持っていたため、東原は不覚にも二人がただならぬ仲になっていたことにしばらく気づかなかった。

どちらも、よく言えば身持ちが堅い、悪く言えば面白みがなくて、恋愛になどまるで興味がなさそうだったので、実は和憲が大学を卒業した日の夜に二人きりで会い、そのままお泊まりデートをして寝ていたことを後々知ったときには驚いた。

「結局、兄貴とは二年に満たないくらいの期間付き合っていたことになるのか」

紹興酒を手酌でグラスに注ぎ足しながら東原は言葉を継いだ。

樺島は薬指から抜けなくなった指輪を弄るのをやめ、「ああ」と溜息と同時に吐き出すように低い声音で返事をする。

「きちんと気持ちを打ち明け合ったのは三月のはじめだったから、そういうことになるな」

「今まで遠慮して聞かなかったんだが、兄貴はおまえが初めてだったのか」

今日が二十回目の命日だと思うと、いい機会だから恋人だった男の口から自分の知らない兄の話を聞かせてほしくなった。

「少なくとも、男は俺が初めてだと言っていた」

樺島も元々和憲の思い出話をするために東原を食事に誘ってきたくらいなので、意外とすんなり際どい話題にも応じてくる。口調はしんみりしているが、話をすること自体はやぶさかでないようだ。

「童貞、だった気もするな。落ち着いてはいたが最初は全然うまくいかなかった。三度目にようやくできて、最後まで俺を気遣いながらしてくれた」

「おまえはどうだったんだ」

「どう、とは？」

樺島は取り澄ました表情でグラスを口元に運ぶ。

和憲の話は明け透けにしても、自分のこととなると途端《とたん》に勿体ぶる。こういうすかしたところは昔から変わらない。

「所帯を持てたくらいだから、おまえはゲイじゃないんだろう。兄貴の前はどっちと付き合っていたのかと思ってな」

一度突っ込んでみたかったので、東原は言葉を足して話を続けた。

樺島は一瞬迷惑そうな表情を浮かべたものの、今夜は少々感傷的な気分に浸っているのか、気を取り直した様子ではぐらかさずに答えた。

「信じようが信じまいがおまえの勝手だが、俺は高校までは勉強一筋で、カレシもカノジョもいなかった。自分が両刀だということも知らなかった。……つまり、和憲さんが初めてだ」

「べつに意外じゃねぇな」

樺島のストイックさ、自分にも他人にも厳しく、己を律することに長けた鉄壁の精神は東原も舌を巻くほどだ。和憲もたいがい生真面目な人間だったが、樺島の四角四面な性格はときに冷酷だとか傲岸だとか批判され、煙たがられるほどだった。和憲と出会い、特別な関係になるまでは誰とも打ち解け合えなかったとしても不思議はない。

「おまえにしてみれば、和憲さんが俺なんかと付き合っていたことのほうが意外だったんだろうな。俺自身、気持ちが通じるとは思っていなかったくらいだ」

「先に告白したのは兄貴のほうか」

「どっちからでもなかったな。前から和憲さんに、卒業式が終わったら二人で会おうと言われていて、待ち合わせ場所の書店で顔を合わせたときから、ああ今夜はきっと帰らないな、と予感した。なにかお祝いがしたい、と和憲さんに言ったのは俺だ。たぶん半年前に塾でバイトの先輩後輩として知り合ったときからお互いに好意を感じていたんだろう。少なくとも俺はそうだった」

「兄貴に関心があったから、それまでろくに口を利いてもいなかった俺にも声をかけずにはいられなかったんだろうしな」

東原はちょっと嫌味たらしく指摘し、樺島を揶揄する。

挑発されていると承知の樺島は、レンズ越しにジロリと東原を一瞥しただけで、乗ってこなかった。無視して前菜に箸《はし》を伸ばす。無視されても東原はいっこうにかまわず、かえって小気味よく感じただけだ。

「まぁ、二年ばかし付き合っただけの兄貴の命日を二十年経った今でも覚えていてくれて、己の立場を危険に晒《さら》すかもしれねえってのに、こうして俺と飲んでくれるのは素直に嬉しいし、ありがたい。感謝する」

表情を引き締め、あらためて礼を言うと、樺島はそっぽを向いて「やめてくれ」と迷惑そうにする。照れ隠しであることは、うっすら色づいた耳朶《みみたぶ》を見れば明らかだ。

「だが、もう、これを機におまえは今の生活を大事にしろ。カミさんのことにしたって結婚する気になったくらいには好きなんだろうが」

「もちろんだ。でなければ、いくら上司に勧められたからといって、一生の伴侶を軽々しく決めるものか」

樺島はムッとした顔をしてきっぱりと言う。

それでいい、と東原は頷いた。

「俺のことより、おまえはどうなんだ」

今度は樺島のほうから東原に水を向けてきた。

「おまえは後悔していないのか。一度、膝を突き合わせて聞いてみたかった」

「後悔ってのはどういう意味だ」

樺島が真剣に東原を案じ、力になれることがあればできる限りのことはする覚悟でいるのがひしひしと肌身に感じられるだけに、東原は絶対に弱みは見せたくなかった。今や国家権力の中枢に近づきつつある樺島の将来を、自分ごときに関わることでフイにさせるのは本望ではない。ライバルに足を掬われるような隙を作らせないためにも、東原自身細心の注意を払っている。

「ああいう形で兄貴を死なせる元凶になったやつらに報復してやったことを言っているのなら、あいにく俺は後悔なんか毛ほどもしてないな」

「そうじゃない」

樺島は、はぐらかされないぞとばかりに眼光鋭く東原を睨《にら》む。

東原は腹を据え、それを真っ向から見返した。

「あの件をきっかけに俺が今みたいな生き方をするようになった、あれが俺の人生をねじ曲げたんじゃねぇか、とおまえは思っているようだが、そうだったとしても俺はやっぱり後悔はしてないぜ」

ちょうどそこに次の料理が運ばれてきたので、給仕が終わるまでの間、どちらも黙って酒に口をつけ、やり過ごす。

再び二人になってから東原は会話を繋いだ。

「兄貴の事件がなかったとしても、俺はたぶんおまえのように真っ当な道は歩まなかっただろう。性に合わねぇからな」

「確かにおまえは真面目な学生ではなかったが、試験となると俺に負けず劣らず優秀な成績をさらっと取る憎らしいやつだった。教授たちも悔しがっていたくらいにな」

「要領がよかっただけだ。どう転んでも公務員になろうとは思ってなかったから、官僚を目指していたおまえとは最初から進む方向が違っていた。かといって企業勤めができる柄でもなかっただろうしな。家業を継ぐのは兄貴のはずだったから、それも考えたことがなかった。要するに、俺は元々ろくでなしの穀潰《ごくつぶ》しだったんだ。今の在《あ》り方は、まんざら俺にふさわしくないわけじゃない。まさかこの世界でここまでのし上がるとは俺も思っていなかったが」

最後はまったくの本音だった。自虐の笑みが出る。

「あのときおまえが潰滅《かいめつ》させた吉鷹組《よしたかぐみ》、離散したあとも元構成員が報復の機会を狙っていたって話だが、結局何事もなく収まったのか」

「まぁな。手打ちがすんだ直後は身の危険を感じることがしばしばあったが、間に入った東郷《とうごう》の親父さんが、身元引受人として俺の身を吉鷹組の残党共から守ってくれてたからな。でなけりゃ、二十歳過ぎのガキだった俺なんかあっという間に東京湾に浮いてただろうよ」

「確かにな」

樺島の眉間に刻まれていた皺がさらに深くなる。

「当時おまえは俺に何一つ話さなかったから、俺はおまえが大学を急に辞めたときも、まさか和憲さんの仇討《あだう》ちを一人でしていたんだとは夢にも思わなかった」

今でも納得していないことが、なぜ言ってくれなかったのかと微《かす》かに責める調子を帯びた声音に出ている。東原は樺島の胸の内を推《お》し量り、こいつは二十年間何もできなかった己に歯嚙みし続けてきたんだなとあらためて感じた。

「おまえを巻き込みたくなかった。そういう俺だって相手がヤバイ連中だと知って正面から喧嘩を売りに行ったわけじゃない。裏で根回しして、対立していた別の組と衝突するよう仕向けただけだ。お互い因縁《いんねん》のある相手だったからたまたまうまくいったものの、我ながら無鉄砲だったと背筋が冷える。怖いもの知らずのガキだったからできたことだ」

「だが、そっち界隈《かいわい》では、おまえが仕掛けたあれは伝説の立ち回りとして有名だそうじゃないか」

「らしいな」

東原は皮肉っぽく唇の端を上げてみせ、他人事のように受け流す。

「なんにしても、もう大昔にカタのついた話だ。今さら人生やり直せないし、やり直したいとも思わない。俺はたぶん死ぬまで極道だ。おまえも今夜久々に会って話したのを機に、今後は俺にかかわらねぇほうがいいぞ」

「そうしたいのは山々だが、俺にも義理と矜持《きょうじ》がある。今までどおり表立って付き合うことはないが、いざというときの保険として俺を確保しておけ。これでもそこそこの力は持っている」

躊躇《ためら》いもなく言い切る樺島に、東原は「ばかが」と情を込めて吐き捨てた。

「義理とか矜持とか、つまらんことを言ってんじゃねぇよ」

「俺は俺のしたいようにする。おまえが俺を思い出すのは何か困ったことがあったときだけでい

い。俺からもこれまでどおり用がなければ連絡はしない」

「勝手にしろ。どうせおまえは俺の忠告なんざ聞く耳持たねぇんだろうしな」

「ああ。持ってないな」

樺島は開き直ったかのごとく堂々と肯定する。こうなったら梃子《てこ》でも動かないのは、誰より東原が一番よく知っている。東原も樺島も我が強くて、己の信条に反することはしたがらず、一度決めたらめったなことでは翻意《ほんい》しないのだ。不本意だがここは東原が退くほかなかった。

東原はチッと舌打ちし、わざとくどくどと言い連ねた。

「なら自己責任で好きにするがいい。俺は忠告するだけはしたからな。俺のせいで失脚するような結果になっても恨むなよ」

「心外だな。おまえの目には、俺がそんな世渡り下手だと映っているのか」

「ほう。そうじゃないと言うのなら、最後の最後はてめぇの身を守ることを優先させろ。嫁さんのためにもな」

「言われなくてもそのつもりだ」

どちらも一歩も譲らず、がっぷりと目と目で牽制《けんせい》し合う。

旧友の変わりのなさに東原は内心ほくそ笑んでいた。張り合いがあって面白い。今となっては十代の頃の自分を知る数少ない人物の一人だ。貴重な存在であり、理解者でもあった。

頃合いを見て運ばれてくる極上の中華料理に舌鼓を打ちつつ、紹興酒のボトルを空けた。酒は東原が三分の二近く飲んだ。いつ呼び出されてもいいようにという配慮からか、樺島は飲むときでも酔うほどには決して飲まない。自制心の強さは折り紙つきだ。

「兄貴も俺からしたら品行方正でクソ真面目な優等生だったが、おまえはそれに輪をかけて融通の利かない堅物だよな。そういうやつらが男同士で付き合ってたってのが、いまだに不思議だ」

「恋愛感情だけは理性ではどうにもならないってことだ」

樺島は取り澄ました顔をして、珍しく熱情的なセリフを吐く。

「そういうおまえも、ついに本命の相手ができたみたいじゃないか」

続けてずばりと言われ、東原は思わず咳き込みかけた。

「どいつのことを指しているのか知らねぇが……」

カマをかけられただけなら、そうはいくかと、この場はシラを切ってはぐらかすつもりだったが、樺島に畳みかけられる。

「弁護士なんだろう、彼。十ぐらい年下の」

東原は観念した。これは完全に知られている。

「……九つだ」

たいして違わないのにわざわざ訂正し、気持ちを落ち着かせる時間を稼ぐ。貴史《たかふみ》に関してだけは、東原は自分でも呆《あき》れるほど不器用になる。柄にもなく照れくささを感じてぎこちなくなってしまうのは、本気すぎて余裕がないからだろうか。

「なら今三十二か。まだまだ若いな。ちゃんと優しくしてやってるんだろうな」

「そのつもりだが」

東原は間髪容れずに答え、この話題はもうこれで打ち切りにしたがっている素振りを示す。

運よく、樺島の携帯電話がマナーモードで震動し始め、必然的に話が中断した。着信相手の番号を見た樺島は「悪い。仕事の電話だ」と東原に断りを入れ、すぐに電話に出たのだ。

しばらく「そうか」「ああ」等と相槌を打ちながら話を聞いていたが、最後は「わかった」と頷いて通話を終えた。すぐに警察庁に戻らなければならないというまでの案件ではなかったようだが、樺島の表情は一変して厳しく引き締まっていた。

「どうした。気になるなら中座していいぞ。あとはもうデザートだけだ」

東原が促しても「いや」と首を横に振る。

「念のための報告だからその必要はない」

そこでいったん口を閉じ、僅かに躊躇う間を作ってから、おもむろに言葉を足す。

「国際手配がかかっている凄腕のスナイパーが入国した形跡があるらしい」

「スナイパー？　そいつはまた物騒な話だな」

「まだ確定したわけではないが、もし本当にそいつが来日したのなら、誰か大物が狙われる可能性がある」

「俺の情報網に何か引っかかってきたら報せてやる」

口に出して言いはしないが、樺島がここまで東原に話したのは、当然それを期待してのことだと察し、東原は先回りして請け合った。

樺島も黙って頷く。

結局、デザートはキャンセルして、お茶だけ飲んでお開きにした。

先に樺島が帰り、東原はそれから三十分ほどマダムを相手に食後酒を飲んで時間を潰してから店を出た。

迎えの車に乗り込み、運転手に行き先を指示する際、ふと貴史の顔が脳裡《のうり》を掠めた。

スマートフォンを操作して、呼び出し音を鳴らす。

『もしもし』

貴史は三コールで応答した。

「よう。俺だ」

今から会わないか、と誘うと、貴史は小さく笑った。

『ずいぶん礼儀正しくなりましたね』

確かに、以前は一方的に「来い」と呼びつけるだけで、貴史の都合を聞いてはいなかった。言われて少しムッとしたが、それは図星を指されて気まずかったからだ。

「来る気があるなら、四谷《よつや》の家に来い」

横暴さを加味して言い直す。

貴史は含み笑いしながら『ええ。いいですよ』と承知する。貴史自身、誘われてまんざらでもなかったようだ。

「だんだん生意気になりやがる」

通話を終えてスマートフォンをポケットに戻しながら東原は苦々しく独りごちたが、気持ちが昂揚《こうよう》するのを止めることはできなかった。

＊

知る人ぞ知る大物ヤクザ東原辰雄に向かって、ずいぶん礼儀正しくなりましたね、などと軽口を叩くとは、我ながら不遜な振る舞いをするようになったものだ。

四谷へ向かう電車の中で、貴史は先ほどの遣り取りを反芻《はんすう》し、己の大胆さに冷や汗を掻くと同時に、よく言ったものだと尻がこそばゆくなった。

以前から恐れ知らずな態度は取っていたが、それは負けず嫌いな性格ゆえに精一杯突っ張っていただけで、無理をしている自覚があった。今は何一つ気負うことなく東原と渡り合え、揶揄もするっと自然に出る。気持ちにゆとりができてきたのを感じる。

変われば変わるものだ。自分自身のことでありながら、こうなったのが不可思議で、初めて東原を知ったあの日には今のような状況になるとは想像もしなかった。

変わったのは貴史だけではなく、東原もだ。

今となっては恥ずかしい限りだが、一度、疑心暗鬼《ぎしんあんき》が高じて遥《はるか》と東原の関係の濃さに嫉妬《しっと》した挙げ句、佳人《よしと》に八つ当たりして暴言を吐いたことがあった。七ヶ月ほど前の話だ。

あのときの自分は本当にどうかしていたとしか思えない。感情が昂《たかぶ》って抑えが利かなくなり、しばらく会いたくない、と酷い言葉を佳人に投げつけた。文句を言うべき相手をすり替えるという卑怯《ひきょう》なまねをしてしまったのだ。すぐに後悔して落ち込んだが、佳人にどう謝るべきかと貴史が気まずさから解決を先送りしているうちに、東原との関係を見かねたらしい佳人が東原の許に乗り込んで直談判《じかだんぱん》してくれた。それでようやく貴史は東原の本心を本人の口から聞けて、その後さらにしっかりと腹を割って話をすることで、つまらない迷いや嫉妬心を払拭できた。

あれ以降、貴史は東原に対して素のままの自分をぶつけられるようになったと思う。

相変わらず東原は遥をたまに誘い出しては二人きりで食事をしたり飲んだりしているが、前ほど気にならなくなった。頻度がぐっと下がったし、東原が遥に向ける気持ちには色恋めいたものは含まれておらず、兄が弟を可愛がる感覚に近いのだと理解できてからは、精神的に楽になれた。東原は東原で、貴史の気持ちに無頓着すぎたと、少なからず反省したようだ。昔は傲岸不遜、唯《ゆい》我独尊《がどくそん》を地で行っていた男が、貴史の意思を踏まえた誘い方をしてくることが増えた。

四谷には東原が先々月手に入れたという古い民家がある。

築六十年を越す古い木造建築で、資産価値はさほどないようなのだが、東原はどういうわけかここを気に入ったらしく、個人で買い取ったそうだ。

貴史は阿佐ヶ谷《あさがや》の事務所にいることが多いので、六本木《ろっぽんぎ》や日本橋《にほんばし》のマンションと比べると四谷のほうが断然行きやすい。東原にとっては気まぐれで得ただけの物件かもしれないが、貴史には格好の待ち合わせ場所だった。

大学進学を機に上京して以来、アパートやマンションなどの集合住宅に住み続けている貴史だが、高校卒業までは京都の実家で一軒家暮らしをしていたため、戸建ての家のほうが寛げる。最初、東原に「新しい隠れ家だ」と知らされたときには、また増やしたのかとまず苦笑したが、来てみるといい感じに古びた佇まいが落ち着けて、この家が一番好きかもしれないと思った。どうやら東原にも貴史が気に入ったのがわかったようだ。部屋に来い、と言うときは四谷を指定することが多くなった。

東原から電話をもらったのは九時になろうかという頃で、貴史はちょうど事務所を閉めて帰宅しようとしていたところだった。俺が着くのは十時ぐらいになる、と東原は言っていた。

貴史は預かっている合鍵を使って家に入り、先に入浴をすませた。

元々、東原とはずっとホテルの部屋で会っていたので、東原が来る前にシャワーを浴びておくのが習慣化している。家自体は古いが水回りは最新設備に換えてあるため、あっという間に湯が張れて、湯船でゆっくり温まることができた。

素肌の上にバスローブ一枚羽織った姿で、冷蔵庫から取ってきたペットボトル入りのミネラルウォーターを飲んでいると、念のためかけておいた鍵を開けて、玄関の引き戸をカラリと横に滑らせる音がした。

「おい。いるか」

東原が沓脱《くつぬぎ》から声をかけて寄越《よこ》す。

とても新鮮で、面映《おもは》ゆいシチュエーションだった。一軒家にいるせいか、まるで同居している恋人同士のような気分になる。なぜか、ホテルの部屋やマンションの一室で迎えるのとは違った雰囲気がある気がして、どうしていいかわからずにまごつく。

「いますよ」

声を張り、なんとかそれだけ返す。

いくらなんでもこの格好で玄関先に顔を出すわけにはいかないだろう、と躊躇《ちゅうちょ》するうちに、黒っぽいスーツに身を包んだ東原が居間に入ってきた。

東原は貴史を見てすっと目を細めると、上着を脱いでソファに投げかけ、ネクタイを緩めた。そのネクタイの色もダークグレーを基調としたシックな柄物で、普段東原が締めているものとは微妙に趣《おもむき》が異なるようで、もしかしてと貴史は推察した。今日は親しくしていた誰かの忘れ難《がた》い日だったのかもしれない。

「隙だらけの格好をしているくせに、案外ガードが堅いところが小癪《こしゃく》なんだよな、おまえは」

シュルッと艶めかしい衣擦《きぬず》れの音をさせて襟元からネクタイを引き抜き、東原はニヤッと不敵に笑う。

見据えられただけで背筋が粟立《あわだ》つ感覚にゾクリと身が引き攣《つ》る。目を細めても眼光は獲物を見つけた猛禽類《もうきんるい》を思わせる鋭さで、思わず息を止めてしまう。

無骨《ぶこつ》そうなのに器用に動く指がシャツのボタンを流れるような仕草で外していき、開いた隙間から強靭《きょうじん》な筋肉に覆われた厚みのある胸板がちらりと覗《のぞ》く。強烈な色香を感じて、貴史は正視できずに目を伏せた。淫らな疼《うず》きが下腹部をズンと突き上げ、股間が痛いほど張り詰める。たまらず熱っぽい息を洩らしそうになり、貴史は唇を強く引き結んだ。

「風が――だいぶ秋めいてきたな」

着く早々、思わせぶりに服を乱して貴史を煽《あお》るだけ煽っておきながら、わざと焦《じ》らすかのごとくそんな他愛のないセリフを吐く。

絶対に貴史の反応を試そうとしているに違いなく、相変わらず意地が悪いと思ったが、貴史も今やそう簡単には動じなくなっている。

「もう十月ですからね」

さらっと返し、手にしたままだったペットボトルに口をつける。

喉仏の上下する様に強い視線が絡むのを感じ、今度は全身にザワッと鳥肌が立った。

まるで、眼差しで犯されているような気分だ。

昔だったら、平静を装うのがさぞかし大変だっただろう。

互いの関係性がよくわからなかった頃は、いくら気持ちが昂揚しても、東原のほうから強引に迫られ仕方なく応じているのだというスタンスを崩さないようにしていた。もしくは、自分も体だけ慰めてもらえたらいいと割り切っている振りをした。そんな見栄と矜持に縛られた己を徐々に解放し、様々な殻《から》を破りだしたのは、東原に本気だと告げられてからだ。

ずっと素直になれなかったが、初めて会ったときから心ならずも惹《ひ》かれていた極道の男から、俺と一蓮托生《いちれんたくしょう》になる覚悟はあるかと聞かれ、貴史は究極の求愛を受けたと思った。鼻の奥がツンとするほど嬉しかった。

それまで散々悩み苦しんできて、もう別れよう、今度こそ逃げよう、二度と言いなりにならない、と何度も何度も決意しかけては、お定まりのように無理やり押し倒され、精も根も尽き果てるまで激しく抱かれて別れられないと思い知らされ、元の鞘《さや》に収まらざるを得なかった。そうした過去の辛さが、本気の一言ですべて帳消しになり、新たな関係を一から築き上げていこうと思えるほどの幸せを感じられた。

自分は本当に東原のことが好きでたまらず、愛しているのだなと、思い知らされた心地だ。

むろん、東原のような特殊な男と本気で恋愛するからには、一般人とは違った苦労を背負うことになる。大袈裟な話ではなく、いつ命の危険に晒されても不思議はないし、実際、拉致されて何日か軟禁状態に置かれたこともあった。またいつ同じような目に遭《あ》わされないとも限らない。

貴史は性格的に他人の悪意を邪推せず、親切を信じやすいところがあるのだが、それで裏切られて人間関係の形成に失敗してからは、一度はなんでも疑ってみる癖をつけるように努めている。自分に近づいてくる人間は何か下心があるのではないか、くらいに厚かましく考え、相手を頭から信じないほうが身のためだと己に言い聞かせている。下手をすると自分だけでなく東原にも害が及ぶかもしれない。そう思うと、それくらい慎重になってしかるべきだった。

一緒に歩いていくと決めてからは、貴史も東原の前で取り繕うのをやめた。貴史は民事が専門の一介の弁護士でしかなく、傍目にはどう見ても東原と釣り合いが取れていないかもしれないが、恋仲だと互いに認め合った以上、いらぬ遠慮はしないことにした。

「そんなに見られると、このへんに穴が空きそうですよ」

貴史はペットボトルから口を離し、顎《あご》を擡《もた》げて喉仏のあたりを指でつーっと撫でた。

ついでを装い、きっちりと合わせていたバスローブの襟元をさりげなく崩し、手を差し入れて鎖骨に触れる。

その手を東原にがしっと摑まれた。

「いい度胸だな、貴史。俺を煽ってどうするつもりだ」

「先に挑発したのはあなたでしょう」

強い視線でひたと見据えてくる東原を、貴史は瞬きもせずに見返した。

「そうだったか？」

東原は、ずいと貴史との距離をさらに詰め、腕を回せば悠々腰が抱けるほど間近に迫る。

身長差から貴史は東原の顔を仰ぎ見る形になり、精悍《せいかん》さと凄絶《せいぜつ》な色気に当てられ、気圧《けお》されかけた。少し身を前傾させれば、胸板に触れそうな距離だ。ただ向き合って立っているにはあまりにも近すぎて、踏ん張っていたはずの脚がぶれ、よろけそうになる。

摑まれたままだった手をグッと力強く握りしめられ、貴史はハッとして体勢を立て直した。

「しっかり立ってろ」

「……っ」

耳朶を打つ囁くような声音のセクシーさに、項《うなじ》が震え、産毛がぞわっと総毛立つ。

いつの間にか、手からペットボトルを取り上げられている。

東原は貴史が半分に減らしていたミネラルウォーターを飲み、最後の一口を口に含むと、空のペットボトルをソファに投げ捨て、貴史の唇を塞いできた。

薄く開いた唇の隙間から舌が侵入し、水を口移しされる。

東原の口腔《こうこう》で温《ぬる》んだ水を貴史は淫靡《いんび》さに酔い痴《し》れながら飲んだ。

また足元が覚束なくなりそうだったので、東原に縋《すが》りつく。舌を絡ませる濃厚なキスを続けながら、東原も貴史の腰を片手で抱き寄せ、下半身を密着させてくる。

「んっ……う」

口腔を掻き回され、互いの舌を吸い、粘膜を接合させるたび、クチュクチュと猥《みだ》りがわしい水音が立つ。息を継ぎながら、熱に浮かされた心地で夢中になって口づけを交わし合った。

そうするうちに、太股の間に東原の片脚が割り込んできて、硬くなりかけた股間同士を強く押しつけられた。

「アッ……！　あ、あっ、だめ……」

「だめって声じゃねぇな」

濡れそぼった唇を耳殻《じかく》に押しつけ、湿った息を吹きかけながら冷やかされる。

貴史はビクンと肩を揺らし、身を引き攣らせた。耳は弱みの一つだ。耳朶を甘噛みされると、ビリリッと電気に撃たれたような衝撃が体を駆け抜け、下腹部に痺れと疼きをもたらす。キスで昂り嵩《かさ》を増した陰茎がさらに硬くなって張り詰める。それをバスローブ越しに擦り立てられてはたまらない。強烈な刺激に耐えられず、膝を折ってしまいそうになる。

「俺を手玉に取ろうなんざ、十年早い」

「そんなこと、考えてません……！」

「ほう。俺はまたてっきり佳人のやつからあれこれ指南《しなん》されてるのか思ったぜ」

「ま、まさか」

さすがに指南まではされていないが、いろいろ聞かされてはいるので、きっぱり否定しきれず返事がぎこちなくなる。

東原はフンとおかしそうに薄笑いを浮かべ、やっぱりなという顔をする。

「べつに俺はおまえが積極的に出るのは嫌いじゃない。さっきのもなかなか色っぽかった」

まんざらでもなさそうに言いつつ、東原の手がするっと胸元に入り込んでくる。

「ンンッ！」

凝《しこ》って膨《ふく》らんでいた乳首を指の腹で弾くように撫で、摘《つま》まれる。

「はっ、あ……、あっ」

クニクニと磨《す》り潰すように嬲《なぶ》られ、貴史はたまらず身をくねらせて艶めかしい声を零《こぼ》した。

左右の乳首を交互に弄られるうちにバスローブが開き、胸元がはだける。鍛えているとは言い難いなだらかな肩のあたりまで露《あらわ》になっていた。

「ああっ、う、うっ……、あっ」

指で胸を巧みに責めつつ、隙間もないほどくっつけ合った腰を猥りがわしく動かし、勃起した股間を刺激してこられて、悦楽の波が間断なく押し寄せる。

腰をがっちりと捕まえられているため体を離せず、身動《みじろ》ぎすると東原の猛った雄に自らの昂りを擦りつけることになる。動かすまいとしても、体が勝手に反応する。羞恥にまみれながら、はしたなく腰を振って悶《もだ》えてしまった。

全身が熱く火照《ほて》り、うっすらと汗ばんでくる。

東原はときおり貴史の口を塞いでは、宥《なだ》めるようなキスをしたり、舌を搦《から》め捕《と》って吸い上げてきたりする。その間も手や腰はなんらかの動きをしている。尻たぶを片方ずつ摑んで捏《こ》ねたり、バスローブの上から双丘の狭間をまさぐったり、先走りを滴《したた》らせ始めた陰茎を押し潰す勢いで圧迫してきたりと、おとなしくしていることがない。

歯痒いのは、立ったまま抱き合ってここまでしておきながら、前にも後ろにも直には触ってこないことだ。

貴史は次第に欲望を抑えきれなくなってきた。ずっとこんなふうにして中途半端に追い上げられては、はぐらかされるのはたまらない。

「上に行きませんか」

「ああ。そうだな。そうするか」

東原はわざとのように一語一語区切って、貴史の耳に吹き込むように返事をする。

貴史は顎を震わせ、東原の肩をギュッと摑んで、すぐに離した。

古い家屋にありがちな少し急な階段を上った二階部分には、六畳の和室と八畳の洋室がそれぞれ一つずつある。東原は板張りの洋室にダブルベッドを置いて寝室にしていた。

バスローブを脱ぎ落とし、ひんやりとしたシーツの上に横になる。

すぐに東原も全裸になってベッドに上がってきた。

「口で、しましょうか?」

さっきはずっと東原にあれこれされるばかりで、貴史はただ東原に縋っていただけだった。弾力のある見事な筋肉に覆われた体に触れ、嵩を増して存在を主張する陰茎を一刻も早く身の内に受け入れられるよう、濡らして可愛がりたかった。

「断る理由はねぇな」

東原は枕に頭を載せて仰向けになると、貴史に逆さまになって乗るよう促す。

その体位は猛烈に恥ずかしくて苦手なのだが、「早くしろ」と東原に急《せ》かされて、やむなく従った。東原の顔面に腰を突き出す格好で、両脇に膝をついて跨《また》がる。貴史の目の前には東原の剝《む》き出しの股間があった。

兆《きざ》してそそり立つ陰茎の根本を手で支え持ち、先走りでべたついた先端を口に含む。

舌を使って亀頭の丸みや括《くび》れた部分を舐めしゃぶり、頰を窄《すぼ》めて吸引する。

東原は気持ちよさそうな息をつき、

「そのまま続けていろ」

と色香の滲《にじ》む声で言う。こういうときには、傲岸に命令されるほうが貴史は性感を刺激されて燃える。背筋を伝う淫靡な感覚に脳髄を痺れさせつつ、長く太い肉棒を奥まで迎え入れ、唇で引き絞ってじゅぷじゅぷと薄皮を扱《しご》いた。はじめはあまり得意でなかった口淫も、回数を重ねるうちにコツが摑めて、今はそれなりに東原を満足させられるくらいにまで上達したと思う。

東原の口からたまに洩れる感じ入った低い声を耳にすると、貴史も昂揚し、熱くなる。

貴史が指と口を使って東原の雄を育てている間、東原は貴史の尻肉を撫でたり揉みしだいたり、唇を付けて肌を吸ったりしていた。

そのうち、隠す術もなく剝き出しになっていた後孔を指で弄りだし、ベッドサイドチェストの引き出しから取った潤滑剤を指に垂らして、ぬるつく液を襞《ひだ》に塗《まぶ》す。

たっぷり濡れて滑りのよくなった後孔にそのまま指を穿《うが》たれ、貴史は喉の奥で喘いだ。口は東原のもので隙間もなく塞がれており、呻《うめ》くのがやっとだ。うっかり歯を立ててしまわないよう気をつけた。

長い指が狭い筒を押し広げてズズッと付け根まで入ってくる。

「ふ、うう……っ、うっ」

貴史は鼻で息をしながら、立てた太股を引き攣らせ、啜り泣きするような声を洩らした。

指を抜き差しされるたびに秘肉が妖《あや》しく収縮し、湿った内壁が絡みつくのがわかる。

こじ開けられたときは指一本でもギチギチだったはずが、東原に抱かれ慣れた体はあっという間に馴染んで解れ、二本、三本と増やされても柔軟に受けとめる。もっと太くて長いものが欲しいとねだるように貪婪《どんらん》に入り口をひくつかせ、「いやらしいな」と東原に揶揄された。貴史は羞恥に真っ赤になって狼狽《うろた》え、動揺する。

そのままシーツに押し倒され、正常位でいっきに貫かれた。

「ああっ、あ！」

潤滑剤にまみれた陰茎が内壁をズルッと擦りながら付け根まで挿《はい》ってくる。

最奥《さいおう》をズンと荒々しく突き上げられて、貴史は顎を仰け反らせて悶え叫んだ。

「いっ、いやだ、深い……！」

「いつもと変わらねぇだろうが」

東原は貴史を不敵な顔で見下ろし、ググッとさらに腰を進める。

「あ、あっ。あぁぁっ」

歓喜にまみれたあられもない声が口を衝《つ》いて出る。

いっぱいに拡げられ、埋め尽くされた奥が、火をつけられたように熱い。

淫猥《いんわい》な痺れと疼きが次々と襲ってきて、貴史は身をくねらせてのたうった。

「あ……だめ。ああっ、あ！　そこ、突かないでっ」

深々と奥まで抉《えぐ》っては、粘膜を捲れさせるようにして引きずり出される。

抽挿《ちゅうそう》のたびに貴史は堪《こら》えきれずに乱れた嬌声《きょうせい》を放ち、頭を振りたくって喘いだ。

「そんなに気持ちいいか」

口では嫌だと言ってても実際にはやめてほしくないと求めていることを、東原は承知している。意地悪く笑いながら、的確に貴史の感じるところを責めてくる。

貴史は髪を振り乱して「くううっ」と喘ぎ、尖ったままの乳首を嬲る東原の指に噎《むせ》び泣いた。

ゆっくりと腰を引いて抜いては、潤滑剤を足して挿《い》れ直す。

根本まで収めておいて、しばらく動かさずにキスをしたり胸板に手のひらや指を這わせたりして貴史を休ませたかと思うと、次には打って変わって荒々しい抜き差しを立て続けに行う。

緩急《かんきゅう》つけた動きに翻弄されて、貴史は我慢しきれず自らの腹の上に白濁を迸《ほとばし》らせて達した。

「はああっ……あ……っ！」

「早いぞ」

いつも先にイクのは貴史だ。東原は精力旺盛で性欲も強いが、己をコントロールすることに長けていて、必ず貴史を陥落《かんらく》させてから本格的に動きだす。

達した直後の過敏になった体を容赦なく揺さぶられ、内壁を熱い肉棒で擦り立てられ、貴史は惑乱し、慎みもなにもなく痴態《ちたい》を晒して東原に縋りついた。

熱い迸りが腹の中に撒き散らされる。

それにも感じて、貴史はビクンッ、ビクンッ、と汗にまみれた全身を撥ねさせた。

痙攣《けいれん》が治まらず、息は上がったままで、心臓が破れそうだった。後孔は勝手に収縮を繰り返し、まだ中に入ったままの東原を引き絞る。

「最後の一滴まで搾《しぼ》り取る気か」

「やめて、ください……そんな」

「まだ足りてないみたいだな」

「ち、ちが……、アッ……！」

ズルッと抜かれた拍子に中に出された精液がドロッと滴り落ちてくる。

それを指で掬って、凝って豆粒のように硬くなった乳首に擦りつけられる。

「あっ、あっ」

自らのもので汚した乳首を、東原は「もの欲しそうにしやがって」と貶《おとし》め、口に含んで舌を閃《ひらめ》かせ、舐め回す。唇に挟んできつく吸い上げられると、眩暈《めまい》がするほど感じてのたうった。

後孔を穿つ陰茎が、再び力を取り戻し、猛りだす。

「またするつもりですか」

「ああ」

東原は遠慮もなしに答え、悪びれたふうもなくフッと口元を緩ませる。

「今夜はとことん付き合え」

言葉自体はこれまでに何度も繰り返されてきたお決まりの文句だったが、東原の目に一瞬浮かんだ哀切《あいせつ》の情と相俟って、今日という日は何か特別な思い入れのある日なのだと察せられた。

「何か、ありましたか?」

聞いても答えてはくれないだろうと、ほぼ期待していなかったのだが、意外にも東原は「ちょっとな」と返事をした。

「命日なんだ。実の兄貴のな」

東原の口から家族の命日という極めてプライベートな話題が出たことに貴史は正直驚いた。そんな話ができるほど信頼され、気を許されているのだと思うと身が引き締まる。嬉しいを通り越して胸がジンとなった。

「もう二十年も前の話だ」

もう、と東原は言うが、まだ、と感じても決しておかしくないと貴史は思う。貴史自身は祖父母に至るまで親族は皆健在で、近しい人を亡くした経験がないものの、東原の気持ちに添うことはできる。気の利いた言葉の一つもすぐには出てこないが、今夜東原のほうから貴史に会いたがってくれたことには深い意味があったのだとあらためて気がつき、少しでもその気持ちに応《こた》えたかった。

「付き合いますよ。とことん」

明日はまた普段どおり朝から仕事だが、貴史は迷わず受けて立った。

フン、と東原が小気味よさげに唇の端を上げる。

貴史もシーツに横になったまま東原を仰ぎ見て、両腕を逞しい首に回して引き寄せた。

二人の唇が深く合わさる。

舌を絡ませる濃厚なキスをしながら、繋いだ腰を再び動かしだす。

ベッドが軋《きし》む艶めかしい音は夜半を過ぎても止まなかった。

2

上野《うえの》駅の改札を出たところで、貴史のスマートフォンに電話がかかってきた。

これから会う約束になっているクライアントからだ。子供が熱を出したので小児科で診《み》てもらっているのだが、一時間ほど遅れそうだと言う。

「わかりました。では、一時間ずらしましょう。……あ、いえ、わたしのほうは大丈夫ですよ。お気をつけていらしてください」

現在別居している夫と離婚調停中の女性だ。四歳になる子供を抱えて働いており、なにかと大変そうなのは承知している。幸い、貴史のほうにはこのあと時間の決まった予定はない。一時間程度ずれてもかまわなかった。問題があるとすれば、急にぽっかり空いた時間をどうするか、ということくらいだ。

カフェでコーヒーでも飲みながら、持参しているタブレット端末で書類作成などの仕事を進めてもよかったが、せっかく上野に来ているので、前から時間があれば行きたいと思っていた東京国立博物館を見学することにした。

上野公園を通り抜け、横断歩道を渡った向かいにある正門横の窓口でチケットを購入し、敷地内に入る。

　前に来たのはいつだったか、すでに記憶があやふやだ。一年半か二年ぶりだと思う。そのときは特別展目当てだったので平成館《へいせいかん》にだけ行って、本館には立ち寄らなかった。

　今も特別展開催期間中だが、あまり話題になっていないようで、平日の昼間であることを差し引いても来館者はそれほど多くなさそうだ。広々とした構内を歩いている人影もまばらだ。

　本館には日本の美術工芸品や歴史資料が展示されている。国宝や重要文化財も多いので一度はちゃんと観ておきたいと思いつつ、日々の忙しさにかまけてなかなか足を運ぶまでに至らなかった。自慢ではないが仕事以外ではフットワークが軽いほうではない。

　順路に従って一階の展示室から観て歩く。時間があれば二階も回りたいが、正味《しょうみ》三十分ほどでは難しいだろう。二階は縄文時代から江戸時代までの美術史を、名品を観ながら時代を追って学べるようになっているらしい。そちらはまたの機会にしたほうがよさそうだ。

　来館者が少ないので、どの展示品も気兼ねすることなくじっくり堪能できた。話し声もほとんど聞こえてこず、静かで落ち着いた環境だ。海外から来た外国人旅行者の姿もちらほらあった。仏像や神像を中心とした彫刻、蒔絵《まきえ》が施された漆《うるし》工芸品などを興味深そうに鑑賞している。

　四つ目の展示室には日本刀が陳列されていた。

　貴史の父方の祖父が刀剣好きで、唯一の道楽として何振りか所持している。中学に上がる前まではよく祖父の家に遊びに行っており、大切に保管されていた刀を見せてもらったことがあった。

決して触らせてはくれなかったが、子供心にも真剣の持つ威圧感や、鍛え抜かれた鉄の美しさ、禍々《まがまが》しさと艶やかさが混在するなんとも言いしれない魅力は、それが何かはっきり理解できていないながらにも感じていた気がする。

ガラス張りの陳列ケースに収められた名刀を一振りずつじっくりと眺める。

貴史自身は特別刀に興味があるわけではないが、子供の頃の記憶と直結しているだけに、眺めていると感慨深いものがあった。祖父のことを思うと、盆暮れにさえめったに実家に足を向けない己の不義理さが後ろめたく感じられもした。

東原とただならぬ関係になってからは、なんとなく親兄弟に顔向けしづらく、仕事が忙しいなどと口実を作っては実家に帰るのを避けている。東原とのことは貴史の中ではきっちり決意がついているが、家族や親族の理解が得られるとはとうてい考えられず、今のところ打ち明けるつもりはなかった。

刀を観ているうちに東原との関係にまで思考を巡らせてしまい、貴史は苦笑した。東原の存在が常に頭の片隅にあって、何かというと脳裡に浮かんでくる。あの男は影響力がありすぎるのだ。一昨日会ったばかりだというのに、もう、次はいつ会えるだろうと考えていることに気がつき、我ながら恥ずかしくなる。

白い布をかけた台座の上の刀掛けに鎮座《ちんざ》せしめられた刀身を、高貴な身分の麗人《れいじん》そのもののように思いながら見つめていると、傍《かたわ》らに見ず知らずの来館者が並び立った。

博物館などの展示会場ではよくあることなので気にしなかったが、いささかこの刀の前で長居をしすぎたかと思い、貴史が次の展示ケースへ進もうと一歩踏み出したところ、その男性から唐突に話しかけられた。

「見事な一振りですね。さすが今期の目玉になっている太刀《たち》だ」

「え？　あ、ああ……そうですね」

たまに知らない者同士でも一言二言話すことはある。その場限りの短い遣り取りで終わるケースがほとんどで、お互いにその気がない限り長い会話に発展することはない。貴史も礼儀として相槌だけ打って終わるつもりだった。どうやら貴史は話しかけやすいタイプのようで、こうした経験はしばしばしていた。

展示品に関する話を振ってきたのは、スタイリッシュな服装が似合いの端麗《たんれい》な男性だった。手入れの行き届いた髪の毛を、肩に触れるか触れないかといった長さにまで伸ばしたスタイルといい、普通の勤め人ではなさそうな華やかな雰囲気がある。細身のスラックスにセーターというシンプルな組み合わせを、ストールをプラスすることで着こなしをランクアップさせているところなど、いかにもこなれた印象だ。いずれのアイテムも上質な品だと一目でわかる。さりげなく持った口折れのクラッチバッグもおしゃれだ。

何をしている人なのかまでは想像がつかないが、穏やかで人当たりがよく、感じのいい人物に見えた。おそらく年齢は貴史と同じくらいか、もう少しいっているか、といったところだろう。

返事をするとき相手と目が合った。

柔和《にゅうわ》な印象が強かったにもかかわらず、ハッとするほど目に力があり、一瞬呑まれかけた。これは、やはり、只者《ただもの》ではなさそうだ。恍惚《こうこつ》に近い感じの震えが背筋を駆け抜け、貴史はコクリと唾を飲む。

この僅かな間が貴史にその場を離れるタイミングを逸《いっ》しさせた。

「刀には他のどの武器よりも美術性を感じます」

ふわりとした笑みを浮かべて男が会話を続ける。邪気などまるでなさそうだ。貴史の顔を見て、ゆっくりとした優しい口調で話すので、一方的な喋《しゃべ》りに付き合わされている感じはしない。貴史も自然と「ええ」と頷いていた。このあと予定があるので失礼します、と言って振り切って行くこともできたはずだが、男の持つ不思議な魅力に捕まってしまい、そんな気にならなかった。

「鉄という素材そのものに価値を見出せるなんてすごいことですよ」

男は、二人の目の前に恭《うやうや》しく展示されている刀本体のみの姿に視線を向け、ホウと感嘆の溜息を洩らす。管理の行き届いた状態で、最も鑑賞に適した明度と角度で照明を当てられた刀身には、刃文《はもん》と思《おぼ》しきものが見てとれる。

「焼刃《やきば》の頭が二つ三つに割れているのは備前伝《びぜんでん》の特徴ですね」

「はあ」

貴史には今ひとつわからなかったが、言われてみればそんなふうに見えないこともなく、男の知識の豊かさと刀を見る目に感心した。どうやら相当詳しそうだ。

「丁子《ちょうじ》の実の形に似ているから丁子刃と呼ぶそうです」

「よくご存知ですね。刀剣、お好きなんですか？」

「好きですね。本来は武器なのに、現代では鑑賞用の美術品だという在り方に惹かれます。それだけの芸術的価値が昔からあったんですよ。だからずっと大切に保存され、受け継がれてきたわけでしょう。この底光りするような冴え冴えとした地肌、妖艶《ようえん》だと思いませんか」

「確かに」

妖艶という言葉が持つ色っぽすぎるニュアンスに若干引きつつも、言わんとするところはわかる気がして、貴史は同意した。

「たとえば西洋の剣なんかは刀身を宝石や彫刻で飾り立てることで付加価値が生まれるわけだけど、日本刀はこうして拵《こしら》えを全部取っ払ってしまって刀身だけになったものでも、充分すぎるほど鑑賞に値する。職人技の粋を極めた逸品です」

「お話を伺《うかが》っているうちに、ただぼんやり眺めていた自分が恥ずかしくなりました。もっと勉強して、敬意を払って拝見しなければもったいないないですね」

貴史が恐縮して言うと、男はとんでもないです、と首を横に振る。

「鑑賞の仕方は人それぞれ、自由です。ただ眺めるだけでもいいと思いますよ。よけいな知識がない分、心で感じたままを素直に受けとめられる」

ふと男の視線が貴史のスーツの襟のあたりで止まる。

男は、今気がついたかのごとく、おや、と目を細め、

「弁護士さんでいらっしゃるのですね」

と言い当てた。

「……はい」

貴史は躊躇いがちに肯定する。弁護士バッジを付けている以上、ごまかしようもない。べつに知られてまずいわけではないのだが、こちらは男の素性を何一つ知らないままなので、少しだけ身構えてしまった。過去の経験から易々と人を信じるのは危険だと自戒《じかい》していて、慎重になる癖がついている。

「そうでしたか。奇遇《きぐう》だな。じゃあ、離婚問題とかも扱われますか。お願いすれば相談に乗っていただけますか」

「離婚でお悩みなんですか」

「ええ、まぁ、ちょっと」

男は貴史に左手の甲を掲げてみせる。なるほど確かに、薬指の付け根に指輪を外した痕がうっすらあった。いかにも仕事ができて、もてそうな人なので、恋愛関係でごたつくこともあるかもしれない。

「僕は棗《なつめ》と言います。棗雅弘《まさひろ》。都内の美術商に勤めています」

自己紹介を聞いて貴史はなるほどと概《おおむ》ね腑《ふ》に落ちた。

「もしかして刀も扱われているとか？」

「いえ、刀は個人的な趣味の範囲内で、取り扱ってはいません。日本美術が専門ではありますが、僕の会社がよく扱うのは茶碗や花器などの焼きものとか、掛け軸、日本画などです」

先に進みましょうか、と棗に提案されて、一緒に次の展示ケースまで移動する。

展示品を鑑賞しながら貴史も名前だけ教えた。お互い名刺は出さずにすます。棗は今日オフとのことだった。

行きずりの相手に深入りする気はなかったのだが、棗の物腰が柔らかく友好的なので無下にしづらかった。用事があるのでと断りを入れて立ち去ることもできたはずだが、棗に人懐っこい眼差しで見つめられると言い出せなくなる。押しの強さなど微塵《みじん》も感じさせないのに、妙に拒否し難いところがあった。断りにくさから、まぁ少しくらいならと譲歩するうちに、気づけば相手の思うとおりに運んでいる。こういう相手にこそが、一番自分を操られやすいのかもしれない。必要以上に気を許さないようにしようと貴史は己に言い聞かせた。

棗を積極的に疑うわけではないが、計画的に近づいてきた可能性もないとは言い切れないことを、頭の片隅に置いておく。

「仕事柄、出張で海外に行く機会が多くて、なかなか家庭に落ち着けないんですよね」

棗は貴史のことをあれこれ聞いてこようとはせず、もっぱら自分の話をした。

「日本の美術品は海外でも大変な人気があって、潤沢《じゅんたく》な資金を持つ会社や団体や個人の顧客はむしろ向こうに多いんです。海外に流出した品もたくさんありますから、買い付けもします。妻とは十年ほど前に結婚したんですが、子供もいませんし、僕は年中あちこち飛び回っているしで、僕との生活に嫌気がさしたみたいです。他に好きな男性ができたから別れたいと言われまして」

「棗さんは離婚なさりたくないんですか？」

事情を聞くだけならば貴史もやぶさかでない。自分のことを探られるより断然気が楽だ。

棗はやはり、ただこの場に居合わせた貴史に声をかけてきただけの男で何か別に意図があるわけではないのかもしれない。少なからず鬱憤《うっぷん》を溜めていて、こういう話ができる相手を求めていたのではと思えてきた。最初から貴史の弁護士バッジに気づいていて、しかも話しかけやすそうだったから刀剣にかこつけて声をかけてきたと考えると、納得がいく。

「いや、僕も離婚には反対していませんよ」

屈託のない調子で棗は答え、ちょっと面目《めんぼく》なさそうに苦笑いする。

「実は僕自身も潔白じゃないんで、条件で揉めてるんです。向こうの代理人を務めている弁護士が遣り手で知られた方で、僕が渡航先で知り合った人とただならぬ関係になったことを突きとめられてしまいまして」

「ああ、なるほど」

すでにきっぱり別れているそうだが、それを盾に取られると強く出られず、向こうの言ってくる無茶な条件をうまく突っぱねきれずにいるらしい。

「棗さんの側には弁護士さんはいらっしゃらないんですか」

「今月の頭に契約解除しました。ちょっと頼りにならなそうで、不安を覚えましたので」

「次の方はまだ……?」

「ええ。これからです。その後また仕事のほうがばたつきだしたので、いったん棚上げしていました。一昨日ロスから帰国したばかりなんです」

いくら弁護士とはいえ、初対面の貴史に棗はなんでも気さくに話す。

そういうぶっちゃけた性格の人ももちろんいることはいるが、貴史には、棗の物腰や言動の柔和さ、社交的で快活な性格といったものが、彼の本質のすべてではないように感じられる。表に見せている皮を一枚剝《は》ぎ取れば、全然違う人間性が隠れているのではと思えて仕方がない。

並んで歩いてみて気がついたのだが、棗は体幹が非常にしっかりしていて、動きにむだがない。己の肉体を完璧にコントロールできているのが傍目にもわかる。俳優になれそうなほど端整でほっそりとした外見からは想像もつかないが、服を脱げば鍛え抜かれたアスリートのような体が現れるのではないか。ただの美術商にしてはどうも隙がなさすぎる気がする。貴史は探偵事務所のアルバイトで培《つちか》った己の観察眼に、少なからず自信があった。

棗がいくら親しげに腹を割った話をするからといって、貴史までつられて自分のことを話す必要はない。なんとなく、聞き役にばかり回るのは、相手に心を許していない印象を与え、失礼になるのではないかと思いがちだが、貴史はそんなふうに考えないようにした。

棗の話を聞きながら、十二振り展示されている刀剣を見て歩き、鐔《つば》や笄《こうがい》、目貫《めぬき》、小柄《こづか》などの刀装具が陳列されたケースも覗く。

「さっきこちらから厚かましく声をかけさせていただいたばかりなのに、さっそくこんな話をしても、先生もお困りですよね」

「困ってはいませんが戸惑ってはいます」

貴史は正直に答えた。

「いきなり仕事の話になるとは思っていませんでしたから。あなたが本気でおっしゃっているのかどうかもわかりませんし」

「まぁ、そうでしょうね。安請け合いはできませんよね。ですが、僕は今のお返事を聞いて安心しましたよ。先生の誠実なお人柄がわかりますし、言うときはビシッとおっしゃる姿勢も頼もしい。自分の目に自信が持てました」

「いや、皆さんだいたいこんなものでしょう」

面と向かって褒め言葉を並べられると、どんな顔をすればいいかわからず、かえって気まずくなる。社交辞令だということがあからさまなときには、こちらも「それはどうも」と躱《かわ》せるが、本心がどこにあるのか定かでない場合は対応に悩む。

「たぶん、先生の謙虚《けんきょ》さと自負心のバランスが、僕には好ましいんですよ」

棗はそう言ってにっこり微笑んだ。

邪気のない清々しい笑顔で、三日月のように細くなった典雅《てんが》な目もちゃんと笑っていたが、そつがなさすぎる気がして貴史はどうも素直に受けとめられなかった。見えすいたお世辞を言われたときのほうがよほど落ち着いていられる。勘繰《かんぐ》るまでもなく裏があるのが察せられるからだ。しかし、棗は本当にわからない。貴史の手に余る感じだった。

「先生はご結婚はされているんですか?」

初めて棗が貴史自身のことを聞いてきた。

「いえ、してません。過去にしていたこともありません」

あれこれ聞かれる前に、答えられることは先回りして言っておく。

「実を言うと、男女の機微には疎《うと》いです」

「でも、離婚問題はよく扱われる?」

棗は目を眇め、愉快そうに貴史を見る。貴史の正直さと、さらっと明け透けな発言をするところが面白かったようだ。どちらかといえば堅苦しく真面目なタイプに見えるようなので、こんな一面を持っているとは思わず、意外だったのだろう。

「ご相談は多いですよ。今もまさに一件担当させていただいていて、これからクライアントと打ち合わせする予定になっています。得意分野かと言われると返事に詰まりますけれど」

答えているうちに、貴史は心の奥底に押し込めている複雑な感情がふつふつと込み上げてくるのを感じて胸苦しくなってきた。普段は忙しさにかまけて思い出さないようにしているが、たまにちょっとしたきっかけで、まだ消えてなくなったわけではないと貴史に知らせてくる。

それは、本来はこうなりたかったという夢や希望であり、焦燥《しょうそう》や羨望であり、諦念《ていねん》や、我が儘を抑制しようとする気持ち、贅沢《ぜいたく》だと自省する気持ち、そんな様々な感情のるつぼだった。

貴史は元々は刑事事件を手がける弁護士になりたくて大手の法律事務所に所属していたのだが、反社会勢力の象徴のような存在である東原と関係を持ってしまったことへの罪悪感と後ろめたさに耐えきれず、独立するという口実を作って退所した。自分で事務所を持てたのはもちろん嬉しいし、とても恵まれていると思っている。引き立ててくれた先輩方や元同僚たち、顧客の皆には感謝してもしきれない。むろん、その中には東原も含まれる。最初のうちは自宅兼事務所で細々とやっていたが、二年前事務所を借りてからは事務員とアシスタントも雇っている。世間的には順風満帆だと映っているだろう。貴史もそれは否定しない。

ただ、引き受ける案件は圧倒的に民事事件や家事事件が多く、刑事事件の弁護はせいぜい二割程度だ。酔って人を殴ったとか、痴漢行為を働いたとか、交通事故を起こしてしまった、といった相談がときどき舞い込む。それが嫌だというわけではないし、途切《とぎ》れることなく仕事があること自体、貴史のような小さな個人事務所を経営する弁護士にはありがたすぎる話だと重々承知してもいる。

これでよしとすべきだと思う一方、本当にこれでいいのかと自問する声がふとした拍子に脳裡に響き、心を掻き乱す。棗と話をしている最中にここしばらく忘れていた気持ちが頭を擡げ、貴史は胸のざわつきがなかなか止まらなくてひそかに動揺した。

「ここでこうしてお目にかかったのも何かの縁でしょうから、よろしければ近いうちにあらためて相談に乗っていただけませんか」

棗の言葉に、貴史は現実に引き戻される。

「え、ええ。かまいませんよ」

貴史は気を取り直し、愛想よく承知した。具体的にいつと言われたわけではなかったので、話半分に聞いて、とりあえず心に留めておく。行きがかり上、事務所の名称と電話番号を教える。こちらが弁護士だとわかると、ちょっと相談したいことがある、と言い出す人は多い。そのうち本当に連絡してくるのはごく僅かだ。貴史はこうした遣り取りに慣れていた。

そろそろ待ち合わせ場所に移動しなければいけない時刻になろうとしている。

「すみません、それではわたしはこれで失礼します」

貴史が会釈《えしゃく》をして先に行こうとすると、棗は爽やかな笑顔を見せて、唐突に、

「執行《しぎょう》貴史さん」

と、わざわざフルネームで呼びかけてきた。

ざわっ、と全身が粟立つ。ただ名前を口にされただけなのに、緊張に襲われて体が強張った。

こうした経験は過去にもあった。初めて東原にかかわったときもそうだったし、川口組組長の息

子と相対したときにもこれと似たような震えが走った。

足を止めたまま棗の顔から目を逸らせずにいる貴史に、棗は屈託のない調子で続ける。

「お付き合いいただいてありがとうございました」

なんということはない、誰もが別れ際に言うセリフを送られ、貴史はぎこちなく微笑んだ。頰肉が引き攣っているのがわかる。

「こちらこそ。いろいろ教えていただいて勉強になりました」

「次は銃の話でもしましょうか」

棗はずっと綺麗《きれい》な笑みを湛《たた》えたままだ。

「そちらのほうが僕は詳しいんですよ」

冗談にして受け流したいが、その隙がいっさいなくて、貴史は唇を薄く開けたまま困惑した。

「……それは興味がありません」

やっとそれだけ返す。

銃などという物騒なものの話は頼まれても聞きたくなかった。棗は何気なく言っただけかもしれないが、貴史は強い嫌悪感を覚えた。

棗はフッと口元を緩ませ、残念そうな目をする。

棗が何か言う前に貴史は先手を打った。

「離婚のご相談、もし本当に弁護士を必要とされているのでしたら、僕より有能な方がたくさん

いらっしゃいますからご紹介しますよ」

この男にはやはりかかわらないほうがいい。貴史は今の遣り取りで確信した。事務所名や電話番号を教えたことが悔やまれるが、後の祭りだ。どのみち、その気になればすぐ調べられることなので、気にしても仕方がなかった。

貴史が態度を硬くしても、棗は飄然《ひょうぜん》としたままだった。

「さっき話した渡航先で懇意になった相手、実は同性なんですよ」

いきなりそんなことを言い出して、意味深な眼差しを貴史に向けてくる。

カマをかけられただけなのか、同性の恋人がいることがわかる人にはわかるのか。いずれにせよ貴史は嫌な汗を掻いた。

「昨今は珍しくありません。わざわざこの場でおっしゃらなくてもよかったと思いますが」

できるだけ淡々と言い、スーツの袖口をずらして腕時計で時刻を確かめる。

「申し訳ありませんが、急ぎますので」

「ああ、そうでしたね。お引き留めして申し訳ありません。お気をつけて」

棗は最後はすんなり退いた。

足早に展示室を順路と逆に戻ってエントランスに引き返しながら、貴史は棗との会話を反芻する。たいしたことは話さなかったが、最後の最後に冷や水を浴びせられた心地がした。悪意は感じないが、ちょっと人の悪いところはあると思う。

一度会ったら忘れ難いインパクトのある男だった。

だがもう二度と会うことはないだろう。

新しい弁護士を探しているようなことは言っていたが、それについては貴史は本気にしていなかった。前の弁護士を仕事ができないからという理由で切った男が、たまたま少し話をしただけの、よく知りもしない貴史のような若造弁護士を代わりに雇う気になるわけがない。

公園の敷地内にあるカフェに入って店内を見渡すと、奥のテーブル席に依頼人の姿があった。

「すみません、お待たせしました」

女性の向かいの椅子に座ったとき、貴史の頭からはすでに棗のことは消えていた。

*

港区《みなとく》の閑静な住宅街の一角を占める豪奢《ごうしゃ》な邸宅は、通称『御殿』と呼ばれている。何も付かないただの『御殿』だ。東日本最大の規模を誇る広域指定暴力団、川口組組長の自宅である。

十月も半ばを過ぎた日曜の午後、東原はそこに香西誠美《こうざいまさみ》と共に招かれ、離れの茶室でもてなしを受けた。

組長はもとより、直参の香西組組長である香西も十年以上茶の湯に親しんでいる。その香西を差し置いて、作法もろくに心得ない東原が正客《しょうきゃく》席に着き、組長の点《た》てたお薄を真っ先にいただく。俺も偉くなったもんだとつくづく思う。こういうとき東原は己の数奇な運命を振り返る。

「来月十七日は祥輔《しょうすけ》の命日だな」

一つ一つの所作を流れるような手つきで、丁寧に、落ち着き払ってこなしつつ、組長が東原と香西の二人に話しかけてきた。茶室全体を包む凛《りん》と張り詰めた静謐《せいひつ》な空気を損なわない、低く抑えた声音が、耳朶を打つ。

西陣織《にしじんおり》のグレーの着物と羽織を着付けた組長は、中肉中背の平均的な体軀の、一見するとどこにでもいそうな初老の男だ。凄みを利かせているわけでもなければ、威圧感を振り撒いているわけでもない。街を歩いていてもおそらく誰も気に留めないだろう。だが、極道の世界にほんのちょっとでも足を踏み入れたことがある者なら、名前を聞いただけで震え上がり、恭順の意を表し、平身低頭する。暴力沙汰に慣れ、他人を威圧的に押さえ込み、堅気《かたぎ》の一般市民から恐れられる極道たちが、川口組組長の前では借りてきた猫のようにおとなしくなるのだ。それだけの圧倒的な影響力と支配力を組長は持ち合わせている。

「そろそろ十三回忌の法要を行う頃じゃなかったか」

組長は東原が飲み終えた茶碗を湯で濯《すす》ぎ、茶巾《ちゃきん》で清めながら、続けて訊《たず》ねた。

東原は「はっ」と頭を下げ、畏《かしこ》まって答える。

「来年で満十二年になります」

「そうか。今年はあいつが逝ってから十一年目か」

僅かに目を細めた以外には組長の表情に変化は認められなかったが、感慨に耽《ふけ》っているのが声に出ていた。

「強いお人でしたがね」

きちっとした着物姿で次客《じきゃく》の席に正座した香西が故人を偲《しの》んで言う。以前より少し痩せはしたものの香西の太鼓腹は健在で、組長とは対照的に見るからに近寄り難い大物然とした雰囲気がある。香西もまた、若頭補佐という重責を担う川口組きっての大幹部だ。組長の左脇に香西、右脇に若輩ながら若頭である東原が侍《はべ》る絵面は、現在の川口組の権威を象徴するものだ。

十一年前までは、東原が今いる場所にいたのは東雲会《しののめかい》の初代会長、東郷《とうごう》祥輔だった。

「ああ。強かった。気っぷがよくて真っ直ぐで、義理堅くてな」

組長は深く頷いて言うと、二服目を点て始めた。香西はお茶菓子に手を付ける。

「おまえが一番よく知っているだろう、辰雄」

シャカ、シャカと茶筅《ちゃせん》を動かす小気味よい音が聞こえてくる。

「ええ。そりゃあもう、言葉では言い表せないほどお世話になりました。東郷の親父がいなかったら、わたしなんかとっくの昔に鱶《ふか》の餌になっていたはずですからね」

東原は神妙に返事をする。大袈裟な話ではなく、十中八九そのとおりのことが起きていたはずだ。組長も香西も冗談だとは露《つゆ》ほども思っていないのが、硬い表情から察せられる。

「若造のわたしなんかからしたら、どこか掴み所のない泰然《たいぜん》とした方でしたよ、東郷の親父は。

「見た感じは京都あたりの老舗大店《おおだな》の主みたいで、人当たりがよくて喋り方なんかも飄々としているんですが、一本筋が通っていて決してぶれない方でしたね。着流し姿がそりゃあもう粋《いき》で、憧れたもんです。あいにくわたしは柄じゃなかったんで、親父みたいにはなれませんでしたが」

昔を思い出し、つい長々と喋ってしまった。

組長はときおり目を細めたり頷いたりしながら東原の話を聞いてくれていた。

「例の抗争が起きたとき、おまえはいくつだ？」

「二十一でしたね。大学三年の終わり頃でしたから」

「せっかくいい大学に入っていたのに、年度末で中退されたんでしたな」

学問を修めることに関しては人一倍理解と見識のある香西が、もったいないと言いたげに横から口を挟む。男も女も囲って色欲に耽る一方、風流を解する趣味人としての一面も持つ香西は、典型的な昔《むかし》気質《かたぎ》の極道だ。敵に対しては冷酷非道の限りを尽くす無慈悲な男だが、仁義を通せば話はわかるし、なにより情に厚い。好きになったらとことん愛おしむ。そのすべてを一身に受け、十年間香西の許にいたのが佳人だ。香西が佳人を借金のカタに愛人にした頃、東原はまだ二十八で、東雲会の幹部構成員の一人でしかなかった。

「こいつはどのみち、大学を出たところで真っ当な道を歩き続けられはしなかったろう」

組長は歯に衣《きぬ》着せず東原の耳に痛いことを遠慮なく言う。

「ええ。親父のおっしゃるとおりです」

東原は愛情を込めて組長を親父と呼び、苦笑いした。

東郷亡きあと、東原の親は組長だ。同じく組長を親とする香西は、東原から見て兄貴分になる。ただ、それ以前は東郷と親分子分の盃を交わしていたため、東郷の弟分だった香西に対し、東原はずっと「叔父貴」と呼び習わしていた。盃を直してからも、二人の間ではその呼び方は変えていない。礼節を重んじる香西は、東原が若頭を襲名して以降、東原を「若」と呼ぶ。なんとも尻がもぞもぞして落ち着かない。やめないかと再三言っているのだが、改める気はなさそうだ。

「つい先日、数年ぶりに大学の同窓生と会ったんですが、わたしには会社勤めも役人も性に合いそうにない、こっちの水が合っていると確信しましたよ」

「同窓生。ほう」

「ああ。例の、若のお知り合いの警察官僚ですな」

香西がすかさず補足する。

樺島のことは事情通の香西に昔から知られている。組長も当然承知しているはずだ。

薄茶を点て終えた組長は、茶碗を手のひらに載せて回しながら、一瞬目だけ上げて東原と視線を合わせてきた。

樺島との付き合いに関して組長が横槍を入れてきたことは一度もない。今後も差し支えがない限り黙認するつもりのようだ。

「あいつまた出世していました。もうわたしとは完全に縁を切れと言ったんですが、人の言うことを聞かない頑迷固陋《がんめいころう》なところのあるやつで」

「若に対してある意味責任を感じておられるんじゃないですか」

「べつに、あいつは何も関係ねぇんだが」

東原はわざと面倒くさそうに溜息をついてみせ、香西に向かっていつもどおりのざっくばらんな喋り方で零した。香西もそのほうがしっくりくるようだ。組長の前とはいえ、東原に丁寧な言葉遣いで話されると、なんとなく妙な心地になるとよく言っている。

「ただわたしの兄と懇意だったってだけです」

東原はすぐにまた口調を改め、今度は組長と香西の双方に向けて言った。

二人とも特に何も反応しなかったが、東原の言わんとするところは汲《く》み取ったようだ。

組長が畳のへりに置いたお薄を、香西が座ったまま躙《にじ》り出て受け取り、席に戻る。その間は皆、口を閉ざしたままだった。

東原の胸中に、四日前横浜の中華料理店で会ったばかりの樺島の取り澄ました顔が浮かぶ。大学の頃から眼鏡を外さない男だったが、四十を越えてますますエリート然とした眼鏡面が板についてきやがった、と思う。

「そうか。おまえのほうも命日だったんだな」

ふと合点《がてん》がいったように組長が目を眇める。

香西は薄茶を三口で綺麗に泡まで飲み干し、茶碗を拝見しているところだった。

「今月の、十六日がそうでした」

「二十年目か」

「はい」

よく覚えているな、と感心する。

おそらく、東原の兄の命日を覚えていたというより、今でも語りぐさになっている抗争事件が起きたのがいつだったかを記憶しているのだろう。

「あれは儂《わし》が知っている中でもとびきり痛快ないざこざだった」

川口組は直接関係なかったので、組長としては対岸の火事を見物するようなものだったに違いない。抗争を引き起こす契機を作った東原自身、すべて裏で立ち回って渦中《かちゅう》にはいなかったため組長と似たような立場ではあった。痛快という言葉の内には、そうした東原の狡猾《こうかつ》な暗躍ぶりも含まれているのだろう。対立する二つの組が結果的に共倒れになったことで、漁夫《ぎょふ》の利《り》を得たのは川口組だった。それも計算した上で、直参である東雲会の東郷が仲介に入り、二組に手打ちをさせたのだ。裏で糸を引いていたのが弱冠二十一歳の現役大学生だったことにも気づいていた。たいした炯眼《けいがん》だ。

そして、現在もそれは変わっていない。

したたかで抜け目のない組長の一面を見るたびに東原は、親父はまだまだ大丈夫だと頼もしく思う。数年前に大病を患ったときには珍しく弱気になっており、本気で東原に跡目を譲る考えだったようだが、今はまた体力気力共にすっかり取り戻した感がある。できればこのまま、少なくともあと十年はがんばってほしいところだ。六十五はまだ若い。今後ますます老獪《ろうかい》な戦略で組を盛り立てていくだろう。

東原に反目する対抗勢力の要だった成田組が、御法度《ごはっと》の覚醒剤取り引きに関与していたとわかって破門になり、組長の服役を機にあっという間に離散したのは去年の一月のことだ。そろそろ二年になろうとしているが、川口組内はいまだに落ち着いたとは言い難い。成田組という直参の一大勢力が本家の若頭に楯突き、クーデターを起こしかけたのだ。組内に波紋が広がったのは確かだ。さらには、川口組という組織が堅牢な一枚岩ではないことを世間に露呈《ろてい》した形になった。警察はこの好機を逃すなとばかりに、血眼《ちまなこ》になって付け入る隙を探しているらしい。

今は、組長の絶対的なカリスマ性と強い統率力で盤石《ばんじゃく》の態勢を作り直さなくてはならない重要な局面だった。

三代目がこの先十年川口組を率いてくれれば、その間に東原以外の有力な後継者候補が新たに台頭してくる可能性もある。東原はそれならそれでよかったし、むしろそうなってくれることを期待していた。若頭を襲名すると決意したときにも胃が捩《よじ》れるほど逡巡し、熟考したが、もうこれ以上の地位は本気で望んでいない。川口組の若頭以上に過酷な仕事もない気がするのだが、自分は組長の器ではないと東原は弁《わきま》えている。元来そんなタチではないのだ。極道の世界に居場所を求めたことは後悔していないし、自分にふさわしい選択だったと認めているが、東雲会を東郷祥輔に託された時点で、ここより上があるとは考えもしなかった。どこかでボタンを掛け違ったか、運命の歯車が狂ったか。我ながら数奇を極めた人生だ。

東原がつらつらとそのように思考を巡らせているうちに、香西は茶碗を組長に戻していた。

組長は茶碗を水で濯いで茶巾で拭き清めると、パン、と手を打ち鳴らした。

水屋で待機していた和服姿の男が正座したまま襖を開け、深々と頭を下げて用を聞く。組長の側近の一人だ。組長は男に茶道具を片づけるように命じ、香西と東原を庭に誘った。

「ちょっと池に鯉《こい》を見に行かないか」

皆で庭に出る。

そこにもボディガードが二人いて、周囲に監視の目を光らせていた。自宅といえど鉄壁の警護態勢だ。さぞかし窮屈《きゅうくつ》だろうと東原などはうんざりするが、組長は気にした様子もない。彼らのことは空気のように意識せずにいられるらしい。

昔の大名屋敷跡を庭ごと買い取って家屋だけ建て替えたという組長の自宅は千坪近い敷地面積を誇る。庭を散歩するだけでちょっとした運動になるほど広い。大きな池を中心に園路を巡らせ、ところどころに設《もう》けられた東屋《あずまや》で休憩しながら散策できるようになっている。今し方までいた茶室も景勝の一部だ。

池には小島が造られ、橋が架けられている。

平らな大石を伝って池の途中まで行くこともできた。

池には見事な錦鯉が悠々と泳いでおり、大石の上に立つと、餌がもらえると期待したのか足元に集まってきた。

「来年の祥輔の十三回忌は、おまえのところと儂らだけで静かに営むのがよかろう。あんまり派手派手しいのは好まない男だったからな」

しんみりとした様子で組長が東原に言う。

「はっ。わたしのほうで仕切らせていただきます」

東原は畏まって恭しく返事をした。

東雲会の初代会長、東郷祥輔は、川口組組長の腹心として名を馳《は》せた男だ。組長と年齢も近く、元々は五分と五分の兄弟盃を交わした仲だった。一回り近く歳の違う香西ともウマが合ったようで、組長共々香西を可愛がっていた。今日の香西組の隆盛は、組長と、組長が次の若頭にと目していた東郷の引き立てがあったればこそだ。そして、香西が自分よりさらに年下の東原を立てるのは、東原の器量を認めて心酔しているからということもあるが、それが東郷の遺志だからだ。

臨終間際に東郷は、東雲会を継ぐ東原を気にかけてやってくれ、と香西に頼み、香西は任せてくださいと承知した。東郷の予期せぬ死により、五年間空いたままになっていた若頭の地位に組長が東原を推したとき、当初は八割方が反対した。実力はあってもあまりに若すぎる、香西や成田ら古株の重鎮《じゅうちん》らを差し置いて、いきなりそれはあり得ない、組の統率が乱れる等々、もっともな意見ばかりだった。にもかかわらず、最終的に過半数を超える六割の執行部メンバーが東原を若頭にすることに賛同したのは、香西が東原に付いたからだ。以来、東原と香西の結びつきは強い。組長もときどき冗談交じりに妬《や》くほどだ。奇遇にも、自分より十一歳年上だった東郷から、今度は自分より十一歳年下の東原を託されるという立場の逆転を、香西は運命だと感じたらしい。あるいはそうなのかもしれないと、東原も折に触れ思う。

東郷は、痩せ気味で背が高く、ちょっと猫背になる癖があったのだが、着物が好きで、和装しているとその姿勢の悪さすら味になるという、不思議な魅力の持ち主だった。争いを好まず、話し合いで解決できるように根回しするのが得意な穏健派でありつつ、肝《きも》の据わり方は筋金入りで、間違いなく親分肌だった。

東原自身、東郷には命を取られても文句を言えないくらい世話になったし、息子同然に可愛がってもらった。仕事で忙しかった実の親にはあまりかまってもらわずに育ったので、東郷のほうがよほど親らしかった気がする。兄、和憲を死に追いやったのはヤクザで、東原はヤクザを憎むほど嫌っていたのだが、「ヤクザの報復からおまえを守りきれるのは俺だけだ」と東郷に言われてやむなく身を寄せるうち、自分もすっかりこちらの世界の人間になっていた。それだけ東郷の男気や人としての在り方や生き様に惹かれ、虜《とりこ》にされたということだ。

「おまえたちはまだ若いが、体にはくれぐれも気をつけろよ」

数年前、やはり癌が見つかって手術と放射線治療を受けた組長の言葉は重く、含蓄《がんちく》がある。

東郷の死因も癌だった。進行の早い胃癌で、癌が発見されて亡くなるまで一年なかった。享年五十二歳、ちょうど今の香西の歳と同じだ。

「辰雄、健康診断は毎年受けているだろうな?」

「受けてますよ。なぁ、叔父貴」

東原はそそくさと香西にバトンを投げた。今年はたまたま受診したが、昨年と一昨年は忙しさにかまけて予約を何度か変更した挙げ句、結局行かなかった。今年散々医者に嫌味を言われたのも記憶に新しい。香西は何か言いたげな顔をしかけたが、東原が牽制の眼差しをくれると、諦めて「ええ、まぁ」と歯切れ悪く同意するにとどめた。

組長は体の向きを変えて東原の全身をとっくりと見る。

東原だけはいつものとおりスーツ姿だ。いちおう三つ揃いを着てきた。プライベートとはいえ組長宅を訪問するので、シャツもネクタイも念入りに選んだ。

「相変わらずいい体をしているようだな。そろそろめでたい話はないのか」

組長は大石を伝って岸に引き返しながら、またもや東原があまり触れられたくない話題を繰り出す。しんがりを歩く香西からの助け船は期待できそうになかった。

「結婚する気がないのはもうわかったが、おまえくらい甲斐性があれば女の一人や二人囲ってもよかろう。子供だけでも作る気はないのか」

「ないですね、今のところは」

おそらく一生ないのだが、それは東原本人が心の中で決意すればいいことだ。組長の機嫌を悪くさせるとわかっている発言をわざわざする必要はない。

「儂にはわからんが、男相手はそんなにいいものか」

続けて聞かれ、東原は「人によります」とさらりと返した。

後ろめたさの一つも感じていない堂々とした受け答えに、組長も突っ込む気を削《そ》がれたようだ。言っても無駄だと早々に諦めたらしい。それ以上この話には触れてこなかった。

組長のこの質問には香西も少なからずバツの悪さを感じたようだ。背後から微かに安堵の溜息が聞こえた。東原は自分のことは棚に上げて香西をからかいたくなった。香西の男好きもいっこうに落ち着く気配がない。佳人ほど入れ込める相手には巡り逢えないようだが、東原が知っているだけでもこの三年あまりの間に二人は男の恋人がいた。

組長に付き従って庭園を逍遥《しょうよう》する。

いつ見ても鑑賞し甲斐のある庭だ。紅葉が始まった木々の色合いが趣深い。

途中から組長は香西と囲碁の話に興じだした。組長は囲碁を十代の頃からずっと嗜んでいるそうで、かなりの腕前と聞く。二人の会話は後ろをついて行く東原の耳にも入っていたが、半分も理解できなかった。

「祥輔ともよく打った。あいつと対戦すると、どんなにこっちが優勢に進めていても、ちょっとした隙を突かれてあっという間にひっくり返されるもんだから、僅かも気が抜けなかった」

命日が近いせいか、組長は東郷の話をよくする。それこそ、組長にとっては苦楽を共にした盟友だ。そもそもは川口組の二次団体に属する一構成員だった東郷と、二代目組長の息子で若い頃から跡目を継ぐことを期待されていた現組長の出会いは、偶発的なものだったという。歳が近かったこともあり、以降もなにくれとなく付き合ううちに、組長は東郷を気に入り、才覚を認め、自分の組を持ったらどうかと勧めた。子分たちから絶大な人気と信頼を寄せられていた東郷は、いずれ自分の組を持つだろうと周囲にも目されており、そこに次期組長の後押しが加わったわけだから、反対する者は誰もいなかった。そうして結成されたのが東雲会だ。東郷が香西と親しくなったのは、東雲会が直参になり、父親の跡目を継いだ香西と幹部会で顔を合わせるようになってからだ。組長と香西は親同士が盃を交わしていた縁で昔から交流があった。三人で会う機会が増え、今に繋がる関係性ができていったのは自然な流れだった。

東原が東郷の世話になったのは十年に満たない年月だが、それはこれまでの人生において最も過酷で濃密な、忍耐を試された時期だった。二十一、二の怖いもの知らずの若者が、ヤクザの親分に拾われ、右腕と称されるまでになり、ついには跡目を継いでトップになるという異例の出世を果たした激動の軌跡だ。そこからさらに本家の若頭に抜擢《ばってき》され、ゆくゆくは川口組四代目組長になると目されている。人生どこでどうなるか本当にわからないものだ。誰より東原自身が瞠目《どうもく》している。

庭を見せてもらったあと組長宅を辞した。

「せっかくだから、どこかで一杯やっていかないか。まだちょっと飲むには早いが」

東原が誘うと香西は「いいですな」と快諾する。

「たまに行く小料理屋が近くにありますよ。通常は六時からの営業ですが、お通しを摘みながら飲むだけなら、今すぐ行っても入らせてくれるでしょう」

「ほう。ひょっとして叔父貴のコレがやってる店か」

「いや、いや、そんなんじゃありませんよ。焼酎のいいのを揃えてるんで、若もきっとお気に召すと思います」

「そいつは楽しみだ」

店までそれぞれの車で乗りつける。

香西が気に入っていると言うだけあって雰囲気のいい店だった。一階にカウンターと小上がりがあり、二階には六畳の個室が二間ある。店に着くと、和服の似合う美人女将の出迎えを受け、すぐに二階に通された。あらかじめ香西が車中から電話を入れておいてくれたらしい。

「いい女じゃねぇか」

「ええ。料理を作っているのが亭主ですがね」

「あれだけ器量がよくて気立てのよさそうな女なら、放っとかれるはずねぇだろうよ」

「亭主はいますが、若のお眼鏡に適《かな》ったんなら儂がこっそり一役買いますよ」

「馬鹿言え」

東原は自分にお鉢が回ってきた途端、藪蛇だったかと苦笑いする。

「俺は今、一人で手一杯だ」

「どうやら本気のご様子ですな」

香西はなんとも微妙な顔つきをする。手放しで賛成することはできないが、情の問題に他人が口を出したところで仕方がないと弁えているようだ。

「本気になっちまったなぁ。ついに」

東原は香西には本音を洩らす。

香西は東郷が信頼し、買っていた男だ。東原自身も何度となく世話になってきた。かつては川口組の一大勢力だった成田組を押さえることができていたのも、香西のおかげだった。こうして二人で差し向かいで飲むようなときは、互いに腹を割って話すのが常になっている。

「兄貴も男に走ったところを見ると血かもしれねぇな」

さすがに照れくささもあって冗談めかしたが、香西は「今時珍しくもないですよ」と真面目に返してきた。その後、少し躊躇うような間を作り、ロックグラスに入れた焼酎に口をつけてから、おもむろに東原の兄の話を続ける。

「お兄さんは二十四で亡くなられたんでしたよね。若すぎましたな」

「なにも死ぬことはなかったんだ」

今でも東原はそれだけは腹立たしく、あれだけ辛い目に遭って苦しんでいたにもかかわらず、家族に一言も相談せず逝った兄を恨めしく感じている。兄の身に起きていたことに気づいてやれなかった自分自身に対する唾棄《だき》したくなる気持ちと共に、その思いはずっと持ち続けていた。

「当時は儂も三十二かそこいらで、香西組組長だった親父の許で見習いをやってた頃でしてな。発端《ほったん》となった若のお兄さんの一件はよく知らんのですわ。吉鷹組の下っ端連中との間で何やらいざこざがあったとは聞いてるんですがね」

「そうだろうな。俺も東郷の親父もそういう話はあまりしなかったし、極道どもの間でもっぱら騒がれていたのは吉鷹組と妹尾組《せのおぐみ》の抗争事件のほうだ。拳銃やら木刀やら持ち出して血生臭いことを散々やってたからな。どっちも矢剣会《やはぎかい》きっての武闘派で、気性の荒いのや、功を焦って先走るのや、加減を知らないチンピラまがいの連中が多かった。両方を煽って喧嘩させるのは造作もなかった。俺の目的はあくまでも吉鷹組の潰滅で、妹尾組にまで解散してもらわなくてもよかったんだがな」

「たまたま東郷の兄貴が双方の組長と面識があったのが縁で仲裁に入り、手打ちをさせたんでしたな。その際に両方の組からシマの一部をそれぞれ譲り受け、今でもそこは東雲会の財源になっている。ゴシップ誌なんかでは、漁夫の利を得た狡猾な川口組と散々叩かれましたなぁ」

香西は愉快そうに言う。叩かれてなんぼだと思っているのだ。

「さすがの俺も、川口組直参の東雲会が出張ってくるとは予想していなかった。東郷の親父が俺の実家にふらっと訪ねてきたときには、正直背筋が凍ったな。俺が裏であれこれ画策していたことを全部知られていて、いずれは吉鷹の連中からも妹尾の連中からも追いかけ回されるはめになると脅された。その前におまえの身柄を預かってやろうと言われてな。それがこっちの世界に足を踏み入れる第一歩だった。実際に東郷の親父から盃を受けたのは二年後だったがな」

「それだけ若を気に入ってたんですよ。裏で糸を引いていたのが普通の大学生だとわかって、たまげたと痛快そうにされていたと聞きました」

「あんなまねは二度とする気はねぇし、したくてもできねぇよ。何も知らないガキだったからやれた無茶だ。まったく、よく捕まらずに一人でやり抜けたもんだぜ。よっぽど運がよかったんだろうな。すべてが紙一重でいいほうに転んだんだ。どこかで小石一つ踏んでたら終わってた。今考えたらゾッとする」

「ある種の、いわゆるゾーンに入っていたという状態だったのかもしれませんな」

「兄貴を自殺に追い込んだやつらに報復することしか頭になかったからな。失敗したら自分がどうなるかとかは考えなかった。東郷の親父に『おまえ切り刻まれるぞ』と言われて、初めて具体的な想像をして怖気が走ったんだ。明らかに普通の精神状態じゃなかった」

「東郷の兄貴は、真贋《しんがん》を見極めるのが得意でしたから、若のことも見逃さなかったんでしょう」

「確かに先見の明のある人だった。傍《そば》にいて何度も舌を巻いた。だが、さすがに、この俺が本家の若頭になるとまでは予測していなかったと思うぜ」

「さぁ。どうなんでしょうな」

香西は含みを持たせた返事をする。

「案外、自分の命がそう長くないことも、薄々感じてたんじゃないかと思うときが儂はありましたが。もちろん癌と診断されるまで病気のことはご存知なかったでしょうが、告知を受けられたときに、なんとなくこうなる気がしていたとおっしゃってましたね。弱気になっているとかじゃなく、淡々とされていたのが印象に残っている」

「そうか。そいつは知らなかったな。だが、親父らしい」

東原の言葉に香西も頷く。

「跡目を継いでくれる男がいて心置きなく死ねる、ともおっしゃってましたな」

「……そうか」

胸底から込み上げてきたものをグッと押さえつけ、東原は僅かばかり唇の端を上げた。

「なら、俺もきちっと役目を果たして、親父の恩に報いなきゃいけねぇな」

「そういうことです」

故人の思い出話をしながら、二人で一時間半ほど焼酎を酌み交わした。

小料理屋を出たのは六時過ぎだった。

すでに日はとっぷりと暮れており、店の玄関から門まで続く石畳の道が、明かりで照らし出されている。通りから数メートル引っ込んでいるだけだが、この道のおかげで静けさと落ち着きが保たれ、風情ある趣の演出に一役買っていた。

「酒も摘みも旨かった。さすが叔父貴が行きつけにしているだけのことはある」

「お気に召したなら、またご一緒していただけますかな。料理もなかなかですぞ」

「ああ。誘ってくれ」

他愛のない会話をしながら門を潜《くぐ》って通りに出る。

周辺はマンションやオフィスビル、戸建ての店舗などが混在する、ほどよく栄えたエリアだ。網の目状に張り巡らされた道路は一方通行が多く、車通りの多い幹線道路以外は人も車もそれほど頻繁に通らない。

通りにはすでにそれぞれの車が待機していた。

黒塗りのラグジュアリーカーが二台、堂々と路上に駐まっている光景は威圧感がある。

通りかかった勤め帰りのOLたちが興味津々に見ていく。只者でない客が来ているようだが、誰だろう、といった感じだ。

東雲会の若頭、芝垣《しばがき》が後部ドアを開けて待っている。

「それじゃあ、またな」

「はい。お気をつけて」

香西が見送る中、車に乗り込みかけた東原の足元を、何か黒いものが走り抜けていく。

猫だ。どうやら車体の下にいたらしい。

おわっ、と東原の斜め後ろにいた香西が不意討ちを喰らって仰天《ぎょうてん》した声を出す。香西は猫があまり好きではなく、特に黒猫は験《げん》が悪いと感じるらしくて不得手《ふえて》にしている。

急に飛び出してきた猫に狼狽えて仰け反りかけたところを、東原が腕を摑んで引き寄せた。香西が転倒するのではないかと思い、反射的に体が動いていた。

咄嗟《とっさ》のことだったので力の加減が利かず、以前より体重を落としていた香西の体が、東原の方へ逆に傾ぐ。

それでも倒れ込んでくるほど強く引っ張りすぎた感触はなかったのだが、ブスッという聞き慣れない音がすぐ間近でした次の瞬間、痩せてもまだまだ肉付きのいい香西の体が東原を押し倒す勢いで被さってきた。

さすがの東原にも一瞬何が起きたかわからなかった。

慌てて踏ん張ったが、七十キロはある香西の全体重を受けとめきれず、なんとか受け身だけ取って衝撃を和《やわ》らげ、地面に一緒に倒れ込む。

「親父さんっ！」

ドアを支えていた芝垣が顔面蒼白で、東原を心配して叫ぶ。

「俺じゃない！　香西だ！」

香西は銃弾を受けた衝撃で意識を失っていた。

「若頭ッ！　親父ッ！」

東原の車の後ろに縦列駐車していた香西の車から、香西組の連中がバタバタと走ってくる。

「う、撃たれた！　親父が狙撃されたぞっ！」

どこかで誰かが「キャーッ」と金切り声を上げた。角を曲がってきた主婦らしき女性が手にしていたバッグをドサッと落として立ち竦む。

なんだ、なんだ、とあちこちから人が集まりだして、辺りは騒然としてきた。

「親父さんっ、ご無事ですか！」

「ああ。俺は大丈夫だ」

東原は香西を地面に横たえたまま、芝垣の差し出す手を掴んで立ち上がった。

「お車へ！　お急ぎくださいっ！」

弾よけになるように芝垣にガードされつつ、後部座席に乗り込む。

香西の許には、お付きの若い衆が二人駆けつけていた。電話をしたり、次の狙撃を警戒して周囲を見渡したりしている。

周辺には高さのある建物が何棟もあり、どこから狙われたのか特定するのは難しそうだった。

「救急車は？」

東原の問いに、助手席に座った芝垣がすぐに答える。

「呼んでます。すぐに来ます。おそらく、警察も」

香西は前から肩を撃たれた。東原に縋るようにぶつかってきた拍子に羽織がずれ、鎖骨のあたりを中心に着物がみるみるうちに血で染まっていくのが見えた。深刻な状態なのは間違いない。あと少し上下どちらかにずれていたら、頭か心臓に当たって即死していた可能性もある。

香西の容態は気がかりだが、ぐずぐずしていたら警察が来る。そうなると厄介だ。東原まで警察に足止めされて、事情聴取やら何やらでしばらく動けなくなるだろう。

この場は香西組の連中に任せ、東原は運転手に車を出すよう命じた。

大きな通りに出た直後、向かいから救急車がサイレンを鳴らしながら近づいてきた。さらに後方にはパトカーもいる。

「サイレンサー付きのライフルだったな」

「はい。油断しました。申し訳ありません」

芝垣が身を捩って背後を向き、東原に深々と頭を下げて謝罪する。

「最近はこれといった揉め事もなかったからちょいと気が緩んでいたかもしれねぇな。だが、それは俺も香西も同じだ。いきなり拳銃持ち出して狙われるとはな」

心当たりはと問われると、ヤクザ稼業ゆえにないとはもちろん言い切れないが、今回の狙撃は単なる鉄砲玉の仕業《しわざ》とは考えられず、よほどの怨恨《えんこん》がある人間の仕業と見るべきだった。

「香西が撃たれたのはたまたまで、狙われたのはおそらく俺だろう。弾は猫に驚いた香西が俺の方につんのめってきた直後に当たった。そいつは確かだ。猫さえ走り出てこなかったなら、あんな動きはしなかったはずだ。俺の代わりに撃たれちまって、香西には悪いことをしたな」

「撃たれたのは親父さんだと最初私も思いました」

もしそうだったならゾッとするというように芝垣は表情を硬くして頬肉を引き攣らせる。若頭の自分が付いていながら、親分を目の前で撃たせるなどあり得ない失態だ。かといって、香西が身代わりになったのも、それはそれで複雑だろう。自分たちの警護の甘さを猛烈に悔やんでいるのが嚙みしめた唇から察せられる。

「狙撃手はそんじょそこらのヒットマンじゃねぇな」

東原が言うと、芝垣も「おそらく」と同意した。

「撃ったのは相当な手練《てだ》れだと思われます。夜、まだそれなりに人の往来もある時間帯に、長距離射撃でターゲットを狙うとは、よほど腕に自信がないとできません。しかもあの場合、撃つタイミングは、門から出てきて車に乗るまでの僅かな間だけでした」

冷静に状況を振り返ってみせる。

「プロか」

そのとき東原の脳裡を、先日樺島からちらと聞いた話が掠めた。

国際手配のかかった凄腕のスナイパーが入国した形跡がある——もしそれが事実なら、たった今東原が見舞われた狙撃事件との関連も疑うべきだろう。偶然の符合と片づけるには時期が被りすぎている。おそらく樺島も、今夜の事件について知ったなら、同じことを考えるに違いない。

問題は誰がそんな凄腕のスナイパーを雇ったかだ。

そこまでするからには、東原に対してよほどの恨みがあるのだろう。

——考えられる中で最も可能性が高そうなのは、やはり、成田組の残党による報復か。

あれももう二年近く前のゴタゴタだが、それ以外には、ここ数年の間に東原が関与した遺恨を残しそうな出来事で、記憶に留めておくほど大きなものは思い当たらない。

成田組が潰滅したのは、組ぐるみで覚醒剤に手を出していることがわかったからだ。取り引きを先導したのは組長だ。

川口組では覚醒剤に手を出すことを御法度にしている。破れば問答無用で破門だが、成田は表向きは組長の信頼を得た大幹部として振る舞いつつ、裏では裏切り行為を働き、上納金以上に稼いだ金を個人の隠し口座にプールしていた。末端の組員は、組長の命令に逆らえばリンチされたり、家族を危険な目に遭わされたりするため、やむなく従っていたらしい。

組長は覚醒剤取締法違反で逮捕され、現在服役中だ。成田組は元々組長一人の力が極端に強く、甘い汁を吸っていたのは側近たち何人かだけというトップダウン体制の組織だった。大半の組員は利害関係や弱みを握られることで繋がり、暴力と恫喝《どうかつ》で支配されていたらしい。そのため組に対して恩義を感じているとか愛着を持っているという者は少なく、組長の逮捕後は沈没船からネズミが逃げ出すかのごとく去っていき、事実上組は崩壊した。

覚醒剤取引の実態を暴いて組長に注進《ちゅうしん》したのは東原だが、元はといえば成田の自業自得だ。

それを、東原のせいで組を潰されたと恨むのは筋違いもいいところだ。しかし、そういった理屈が通らない輩《やから》がいるからこそ、スナイパーを雇って殺そうとしているわけで、それを言っても始まらない。

「芝垣、元成田組の構成員が今どこで何をしているのか至急調べろ。全員だ」

「畏まりました」

察しのいい東雲会の若頭は、あれこれ質問することなく東原の意図を呑み込んだようだ。

正直、頭を失った百足《むかで》のような連中に、警察でさえ所在を摑めなくて逮捕しきれずにいる凄腕のスナイパーと連絡を取り、雇うだけの伝手《つて》があるとは考え難いが、他に取っかかりが見つからない以上、先入観は捨てるべきだった。

「香西の処置、間に合えばいいが」

東原はおもむろに話を戻した。

「心臓は外れていましたので、きっと助かると思います」

「そうだな」

きっぱりと芝垣に言ってもらって気持ちが少し明るくなる。

「あとで誰かに救急搬送先まで様子を見に行かせろ」

「はっ」

芝垣の返事に重なるようにして、東原のスマートフォンに電話がかかってきた。

東原は発信者名を見てフッと唇の端を上げて苦笑した。

「よお。さっそくかけてきやがったか、この地獄耳め」

『撃たれたそうだな』

挨拶もなしに開口一番がそれだった。

樺島の声には珍しく動揺が感じられる。話し方はいつもどおり淡々としていてそっけないが、語尾に苛立ちが混じっているのがわかった。心配し、こうした事態に巻き込まれたことを怒ってもいるようだ。ヤクザなんてやってるからこんな目に遭う、と今にも罵《ののし》られそうだった。

「おまえ、大丈夫か、この電話」

『問題ない』

そんなことはどうでもいいとばかりに一刀両断され、東原はチッと舌打ちした。絶対に盗聴される心配のない場所か方法でかけてきているのかもしれないが、返事の仕方がまったく可愛げがない。樺島にそんなものを求めるほうが無理だとは承知しているが、どうせ心配してくれるのなら、もう少し愛想よくしてもバチは当たらないだろう。

『それより、おまえは大丈夫なのか。怪我はなかったのか。現場にいたことはもうばれてるぞ。直後に走り去った黒塗りのベンツの目撃情報が寄せられている』

「ああ、わかっている。要請があれば出頭するさ。俺は掠り傷一つ負ってないからな」

どのみち逃げも隠れもするつもりはないのでそう言ったが、樺島は『いや……』と躊躇いがちに言って思案する間を作り、東原を意外な気持ちにさせた。

『おまえがいたことは伏せておく。捜査員にも報道にも箝口令《かんこうれい》を敷くから、おまえはしばらく表に出るな。警察にも知られていない隠れ家の一つや二つ、あるだろう』

「なくはないが。だが、どういう料簡《りょうけん》だ。悪いが俺もそう暇じゃねぇぞ。隠れるにしたって何日もってわけにはいかない。犯人逮捕の目処《めど》でもついているってのか」

『全力を挙げて逮捕したいが、ちょっと厄介そうだ』

「だから俺に隠れていろって言うわけか」

フン、と東原は嘲《あざけ》るように鼻を鳴らしつつ、ひょっとしてと閃くことがあった。

『例の国際手配がかかっているスナイパーのことだが、あれからいろいろ判明した』

案の定、樺島の口からこの件が出て、東原の予感は的中した。

『LA発のロイヤル航空便で成田に着いた旅客の中に、それと思しき男の名前があった』

「ほう。さすが調べが早いな」

『これまで何度も煮え湯を飲まされているからな。捜査員たちも今度こそは絶対に逮捕すると息巻いている』

「で？　そいつはどういった人物だ？」

『武藤啓吾《むとうけいご》、三十五歳。元自衛官。八年前自衛隊を辞め、フランスに渡って傭兵《ようへい》部隊に所属、海外の戦地を渡り歩いた経験を持つ』

「本格的だな」

予想以上のハードな経歴に東原は眉根を寄せた。一筋縄ではいかなそうだ。

『あとで写真を送ってやる。自衛隊所属当時の証明写真以外はすべて盗み撮りした写真で、最新でも三年前のものだが、特徴は摑めるはずだ』

「助かる。ちなみに、そいつは本名を使っているのか」

それは要するに、パスポートは正規のものだったのかどうかを質問したことになる。

樺島は苦々しげな声で『いいや』と否定する。当然そうだろうと東原は予測していた。

『棗雅弘、として入国したようだ。精巧な偽造パスポートを使用したらしく、入管で見抜けなかった。現在都内に潜伏《せんぷく》している可能性が高い』

「わかった。こっちでも捜させよう」

人捜しなら東原たちも警察に負けていない。ましてや、相手が裏社会の人間であれば、蛇《じゃ》の道は蛇《へび》というものだ。

『見つけたら身柄はこちらに渡せよ。勝手な制裁加えるんじゃないぞ』

「善処する」

『確約しろ。そうすれば、一つ耳寄りな情報をくれてやる』

「耳寄りな情報？」

勿体ぶりやがってとくさしながらも無視しきれず、東原は樺島に、武藤の居場所を突きとめても手出しはしないと約束した。「で？」と先を促す。

『武藤と関係があるかどうかは不明だが、同じ便の搭乗者名簿にもう一人、気になる名前が載っていた。……吉岡《よしおか》登《のぼる》だ』

意味深に一呼吸置いて出た名前に、東原は眉をピクリと動かした。

「吉岡というのは、もしや、あの吉岡か」

何年経っても忘れようもない名前だ。特に珍しい苗字ではないし、登という名には覚えがないが、樺島がわざわざ東原に教えるからには、東原が知る男の関係者に違いなかった。

『元吉鷹組組長、吉岡厚《あつし》の長男だ。登は当時アメリカの大学に留学中の学生だったが、吉鷹組と妹尾組の抗争に端を発した警察の一斉検挙で父親が逮捕されたとき、一度日本に戻っている。裁判のカタがつくまで母親たちと共に父親の弁護に奔走《ほんそう》していたようだ。結局、吉岡厚は銃刀法違反や殺人教唆《きょうさ》、恐喝、傷害なんかで実刑判決を受け、収監されたがな』

「吉岡は服役中に病死したはずだ」

僅か四年あまりであっけなく死なれ、東原は複雑な心境だった。これで俺の復讐は完全に終わったことになるのかと納得のいかない部分もあったし、憎む対象が永久にいなくなって気持ちが一段落したのも事実だ。

「息子のことは記憶にないが、抗争の発端となった事件を俺が裏で操作していたと知ったなら、さぞかし恨んだろうな。組は潰れ、家はその後火事になり、病床に就いていた母親が逃げ遅れて亡くなったと聞いている」

『そのとおりだ。俺も事件簿で確認した。登は父親の刑が確定したあとアメリカの大学に戻っていて、火事には巻き込まれなかった。大学を無事卒業してからも向こうで就職し、現在は防犯グッズの製造販売会社を自ら経営していて、それなりの稼ぎがあるようだ』

「なるほど。初めて知った」

組と関係ない息子のことなど眼中になかったので、今の今まで気にかけもしなかったが、今回、武藤であろうと目される男と同じ便に乗り合わせていたというのは、確かに引っかかる。

『渡航履歴を調べてみたが、吉岡登はここ数年日本に足を踏み入れていなかった。このタイミングで帰国したのは単なる偶然か、気にならないか』

「なるな」

武藤を雇った人間がいるとすれば、成田組の残党の誰かだろうと推察していたが、樺島にもたらされた情報により、吉岡の息子という可能性も浮上してきた。

『今さら吉岡が殺し屋まで雇っておまえを狙うとも考え難いんだが。なぜ今なのかというのが最大の疑問だ。やるならもっと早く動いていそうなものじゃないか』

「……いや。今だから、かもしれねぇな」

ふと頭を掠めた考えを捕まえて東原は呟くように言った。

『どういう意味だ』

電話の向こうで樺島が眼鏡の奥の目を眇める様が浮かぶ。

「俺に恨みを持った、おそらく成田組の残党が、俺の過去を洗い浚《ざら》い調べて吉岡の存在を知り、一緒に報復しないかと持ちかけたのかもしれない。どうやって武藤にわたりをつけたのかは知らんが、そのための準備期間が約二年だったんだとすれば、なんとなく辻褄《つじつま》は合う」

『それが今だということか』

「そうだ」

ここまで話せば樺島にも自《おの》ずと今回の図式が想像されただろう。

『わかった。こちらも全力を挙げて捜査する。おまえはくれぐれも無茶をするな。あくまでも民間人だということを忘れるな。いいか』

「ああ」

東原はうるさがっているのを隠さずに無愛想な声を出す。

樺島はさらに畳みかけてきた。

『この電話はしばらく電源を切っておけ。腹心以外とは連絡を取らずに身を隠していろ。少なくとも三日は動くな。その間にまた何か新しい情報が入ったら知らせる。くれぐれも武藤を甘く見るんじゃないぞ』

「ま、仕方ねぇな。おまえの忠告に従おう」

『絶対だぞ』

しつこいくらいに念押しして樺島は通話を終えた。

言われたとおりにスマートフォンの電源を落とす。

その前に貴史に一本連絡を入れておこうかとちらりと思ったが、自分らしくないと自嘲して、しなかった。香西が撃たれたことはニュースですでに流されているかもしれないが、事情を説明すると長くなる。電話ではなく、会って直接話したかった。

「とりあえず上野にやってくれ」

芝垣に指示を出す。

「上野、ですか」

「そうだ。知り合いの旅館がある」

そう言って、東原は感慨深い気持ちになり、すっと目を細めた。

3

貴史《たかふみ》はどちらかといえば家事がそれほど得意ではなく、料理はめったにしない。

それで今まで別段問題なくやってこられたので不便は感じていないのだが、遥《はるか》や佳人《よしと》と親しくなり、黒澤《くろさわ》家に招かれて食卓を一緒に囲む機会が増えるにつれ、自分でも少しはやってみようかと思うようになってきた。

最近では、週末になんの予定もないときは、近くのスーパーで材料を買い、料理本を見ながら作って食べることが多くなった。出来合いのお弁当や一人での外食がそろそろ味気なく感じられだしていたせいか、味や見てくれは今いちでも自分で作った料理には愛着が湧く。気晴らしとしても悪くなかった。

明日は午前中に新規の相談が一件入っており、午後からは家庭裁判所に出向かなくてはいけなかったな、と仕事のことを考えながら日曜の夜を過ごしていたところに、思いがけないニュースが飛び込んできた。

レシピ通りに作ったロールキャベツの出来映えに我ながら満足し、食卓として兼用している居間のテーブルに盛りつけした皿を並べ、いつもの習慣でテレビを点けたら、バラエティ番組の画面がL型になっており、青地の部分に文字が出ていた。

【川口組《かわぐちぐみ》系直参の香西組《こうざいぐみ》組長、品川区《しながわく》の路上で狙撃され、重態】

えっ、と思わず赤ワインのハーフボトルを開けようとしていた手が止まる。

慌ててチャンネルを変えると、ニュースを放映している局があった。

まさにこの事件が取り上げられていて、現場からリポーターがいかにもぶっつけ本番といった感じで、手元の原稿にしきりに視線を落としながら報告している。それによると、事件が起きたのは二時間ほど前らしい。

品川区のどこかはわからないが、道路に規制線が張られ、報道スタッフが集まっている様子が映る。趣《おもむき》のある門構えの店が画面に出て、どうやらここから出てきたところを撃たれたようだ。

香西誠美《まさみ》とは面識こそないものの、東原《ひがしはら》と香西が昵懇《じっこん》で、よく行動を共にしているのは承知している。

貴史の頭にまず浮かんだのは、撃たれたとき、もしかしたら東原も一緒だったのではないか、という心配だった。先日会ったとき、次の日曜日は組長宅に呼ばれている、叔父貴もだ、とちらっと言っていた気がする。

しばらく注意深く耳を傾けていたが、ニュースではそのあたりの事情については何も話さない。負傷したのは香西一人で、現在都内の病院で手当てを受けていると言う。

道路に流れた血痕と思《おぼ》しき黒ずんだ染みにカメラが寄る。

すぐに画面は切り替えられ、再びリポーターが喋《しゃべ》りだしたが、貴史には血痕の映像が生々しすぎて衝撃的だった。

東原はきっと大丈夫だと己に言い聞かせるが、それだけではどうにも落ち着けず、声を聞いて無事を確かめずにはいられなかった。

こんなときに電話をするのはかえって迷惑になるかもしれないと慮《おもんぱか》りつつ、怒られるのを覚悟で東原の携帯にかけてみる。

とにかく出てくれさえしたら気が収まるのだが、電話は繋がらなかった。どうやら電源を切っているようだ。たまたま電波の届かないところにいるだけなのかもしれないが、なんとなく東原はわざと電源を入れていない気がした。

何かまた大変なことが起きているのではないか。

そんな不安がじわじわと足元から這い上がってきて、全身に怖気が走る。

居ても立ってもいられない心地だが、肝心の東原と連絡が取れないので、どうすればいいのかわからない。東原のことだから、貴史を巻き込みたくないと考えて、連絡を絶っているのかもしれない。今回は銃が使われるほどの凶悪な事件だ。自分から何も言ってこないのも、貴史を遠ざけようとしてのことか。これまでの経験から、東原がこんなときどう考えるのか、貴史にも大方察しがつくようになっていた。

このまま誰かから連絡が来るのを待つべきだろうか。

心配でたまらないが、下手に動いて、そのためにさらなる迷惑をかけるより、ここは腹を据えて様子を見たほうがいい。

そう決断しかけたとき、不意にスマートフォンが鳴りだした。

呼び出し音が不穏な響きに聞こえ、心臓が胸板を突き破るのではないかと思うほど弾み、痛みさえ感じた。ドクドクと勢いを増した血流にも呼吸が乱れ、息苦しさを覚える。

一瞬、東原かと思ったが、あいにく以心伝心とはいかなかった。

「佳人さん？」

かけてきたのが佳人だとわかっても、貴史は不覚にもこの件と佳人がすぐには結びつかなかった。少なからず冷静さを失っていて、頭がうまく回っていなかったせいもあるが、佳人がその昔、香西の許で世話になっていたということをうっかり失念していたのだ。そのくらい今は、佳人といえば遥の恋人、という認識だった。これまでの付き合いの中で、佳人の口から香西の名前が出たこと自体、一度か二度しかない。

『あの……すみません、いきなり電話して』

今夜の佳人は第一声からして普段の佳人らしくなかった。貴史に電話をかけるくらいで、こんな他人行儀な前置きをしたことなど、記憶にある限りなかったはずだ。

「どうしたんですか」

貴史は東原が無事でいるのか心配する気持ち以上に、佳人の覇気《はき》のなさと悩みを抱えているような様子が気になって、とてもではないが放っておけなかった。

テレビを点けていても東原に関する情報は得られそうになかったので、通話の邪魔にならないよう電源を切る。

「電話だと話しづらいようでしたら、今から会いますか。そのほうがよければ僕は全然かまいませんよ」

とにかく話を聞かなければアドバイスの一つもできないし、慰めることも励ますことも勇気づけることもできない。

貴史の気持ちが通じたのか、佳人は持ち前の芯の強さをだいぶ取り戻したようだった。

『あ、いえ、そこまでご迷惑はかけられません』

しゃんと頭を上げて言い切ったのであろうことが、張りのある声から想像される。

「どうしたんですか」

さっきと同じ質問を、貴史は優しく繰り返した。

「佳人さんが言いたいこと、言えることだけ話してくれたらいいんですよ。遥さんのことですか」

『えっ。違います……！』

まさかそうくるとは思わなかった、とでも言いたげに佳人は慌てて否定する。

貴史は恐縮して「すみません」と謝った。他に思いつかなかったということもあるが、佳人が貴史に悩みを打ち明けるときは、十中八九、遥に関することなので、つい今度もそれかと真っ先に浮かんだのだ。

貴史がいつもの調子で邪気なく遥の名を出したのが、思いがけず佳人の気持ちを和《なご》ませ、緊張を解させたらしい。ふうっと一つ息をつくのが聞こえ、落ち着きを取り戻したのがわかった。

『実は香西さんのことなんです』

香西の名が出て、遅ればせながら貴史はあっと二人の関係性を思い出した。

なんとも間の抜けた話だ。遥のことを持ち出して悠長にからかっている場合ではなかった。

『香西さんが撃たれたニュース、ご存知ですか』

「ええ。つい今さっき知って、僕も心配していました。もしかしたら東原さんも一緒だったんじゃないかと思って」

『狙撃されたときは一緒だったそうですが、東原さんは大丈夫みたいですよ。怪我はされていないようです。ただ、今は東雲会《しののめかい》の人たちも東原さんがどこにいるのか知らないらしくて。若頭とごく一部の幹部だけは把握していると思うんですけど』

「そうなんですね。でも、佳人さんはこのことをどこから……？」

東雲会の構成員にさえ居場所を知らせていないのなら、連絡が付かなくなっていても仕方がないと納得する反面、やはり東原の身にも危険が迫っているのではないかと感じて不安が募る。

『おれは香西さんの側近から聞きました』

以前、香西に世話になっていたことは承知していたが、今でも側近から連絡をもらうような関係だとは思っておらず、正直どう反応すればいいのか悩んだ。

香西とのかかわりで貴史が一番に思い出すのは、佳人と二度目に偶然会ったときのことだ。

今から三年前、佳人は遥を助けたい一心で香西の力を借りに行こうとしていた。あのときは、たまたま車窓から佳人を見かけた東原が、佳人に声をかけて車に乗せ、馬鹿なまねはするなと叱責して思い止まらせた。それで佳人は香西を頼らなかったのだが、それまでの関係性を考えると簡単には断ち切れない過去であることは間違いなさそうだった。

「そういえば、佳人さんは香西さんともお知り合いなんでしたね」

とりあえずオブラートに包んだ受け答えをする。

『……はい』

佳人の返事は歯切れが悪かった。

以前、二人で飲みながら色っぽい方面の話をしたとき、香西との関係もちらっと聞いてはいた。けれど、佳人自身、貴史にそんな話をしたことを忘れているのか、今は動揺のあまり頭が整理できていないのか、いずれにせよ佳人は貴史に一から事情を話しだした。

『込み入った話になるので、今は要点だけ掻い摘《つま》んで言いますが、実はおれ、香西さんに十年ばかりお世話になっていたことがあるんです』

「そうだったんですね」

貴史は佳人が話を進めやすいように相槌《あいづち》だけ打った。むろん、知っています、などとよけいなことを言って話の腰を折ることはしない。順序立てて話すことで佳人自身思考を整理しやすくなるのではないかと考えたからだ。

『遥さんと会う前の話です。十年間、おれは香西さんのものでした。……意味、わかります？』

「わかりますよ」

貴史もそこまで世間知らずではない。自分自身、東原との最初は強姦のようなものだった。いつかそうした馴《な》れ初《そ》めを、腹を割って佳人に話せる日がくるだろうか。佳人があらためて自分の過去を隠さずに打ち明けてくれるのを聞いて、貴史は機会があれば自分も佳人に話そうという気持ちを強めた。今ではもう、苦笑しながら「最初はひどかったんですよ」などと東原の傲岸《ごうがん》さを話の種にできるくらい、東原との間にも佳人との間にもしっかりとした絆ができていると思う。だからこそ佳人には言えるのだ。誰彼かまわず吹聴するわけではもちろんない。

佳人はほーっと一つ大きく息をついた。

『香西さんに対する気持ちは一言ではとても表せません。説明するのが難しいです。いろいろなものを奪われましたが、与えてもらったものも少なくない。恋情はないけれど、別の情は確かにありました。どんな境遇に落ちても生きろと強要され続け、当時は恨みもしましたが、今はそんな気持ちはありません。あの人がいなければ、おれはたぶん二十歳前に死ぬか、後戻りできないほど道を踏み外していたと思うんです。本当に、感謝しています。……でも、遥さんがおれの身の振り方に関して香西さんにけじめを付けてくれた以上、今後は個人的にかかわることはないと思っていました』

そこで佳人はいったん口を閉ざし、湧き上がってきた感情を抑え込むかのように、コクリと喉を鳴らした。

『まさか、撃たれるなんて……』

いくら今は直接的な交流はないと言っても、狙撃されて重態となれば、知らん顔ではいられないだろう。佳人のように情の深い人間ならなおさらだ。

「気になるんですね、香西さんが」

貴史が率直に訊《たず》ねると、電話の向こうで躊躇《ためら》いがちに頷く気配があった。僅かな衣擦《きぬず》れの音と押し殺したような息遣いを聞き取って、貴史はそう感じた。佳人が目の前にいるかのように、どんな表情をしているのか想像できる。

「容態はどうなんですか？　側近の方に聞きましたか？」

『ええ。向こうから電話がきたんです。家の固定電話に。こんなこと初めてです』

佳人は一語一語噛みしめるようにして言う。

『電話をもらったときには、今緊急手術が行われているとのことでした。弾は貫通していなかったらしくて……おれにはよくわかりませんが、難しい手術になるような話でした。三時間か四時間かかりそうだと。手術が無事に成功しても安心はできないらしくて、今夜が峠になるだろうと医者に言われたそうです』

「佳人さんは、お見舞いに行くべきかどうか迷っているんですか？」

事情が呑み込めてくるに従い、貴史にも佳人が何を悩んでいるのか察せられてきた。

『はい。実はそうなんです』

貴史はスマートフォンを耳に当てたまま右手で持ち直し、テーブルの左端に置いてあった腕時計を取って時間を確かめる。午後八時を過ぎたところだった。

「遥さんは今、家にいないんですか」

いるなら真っ先に相談しているはずなので、おそらく留守なのだろう。

案の定、日曜だが仕事で午後から出掛けたそうで、まだ戻ってきていないと言う。

『さっき電話では話しました。ずっと会議室に籠《こ》もっていたらしくて、香西さんが撃たれたこともおれが言うまで知らなかったみたいです。側近の方から連絡を受けたことを話して、どうしたらいいと思いますか、って聞いたんですけど……、遥さんは、おれのしたいようにしろ、としか言ってくれなくて』

「遥さんらしいですね」

いささか冷たい気もするが、黒澤遥という人は貴史が知る限り、こんな場合いかにもそういう返事をしそうだ。本心も掛け値なしに言葉のとおりなのだろう。遥の言葉に裏はなく、つまり、深読みする必要もない。しかし、佳人にしてみれば突き放されたようで、ますますどうしたらいいのかわからなくなったのだ。遥を気にするがゆえだ。

縋《すが》る思いで貴史に電話してきたのであろう佳人の気持ちを考えると、及ばずながら力になりたいと貴史は思った。

「佳人さんにももちろんわかっているでしょうけど、遥さんは言外に行くなと言っているわけじゃなく、本当に、佳人さんのしたいようにするべきだと思っているんですよ。過去の経緯をお聞きすると、佳人さんが香西さんに会いに行くのは遥さんにとって気分のいいものではないかもしれませんが、事態が事態だし、遥さんはなにより狭量《きょうりょう》な自分を嫌悪するはずです。僕も、佳人さんが後悔しない選択を自分自身でしたほうがいいと思います」

貴史は躊躇わずにきっぱりと自分の意見を佳人に伝えた。

「この際、遥さんの気持ちは気にしなくていいのでは。遥さんが佳人さんに言いたかったのは、そういうことなんじゃありませんか」

『それは……なんとなくわかるんですが』

佳人はまだ迷っている。

「一つ聞いていいですか」

貴史はあらたまって前置きする。

『はい?』

何を聞かれるのかと佳人が身構えるのがわかった。

「佳人さんが僕に電話してきたのは、僕にどうすべきか決めてほしいからですか」

『そうじゃありません。貴史さんならどうするか、参考にしたかっただけです』

「でも、僕がどうするか聞いても仕方ないですよね？　結局決めるのは佳人さんなんですから」

『……そ、れは……』

少々意地悪だったかもしれないが、貴史にはそれ以外佳人に言えることはなかった。なぜなら、佳人はすでに、どうしたいのか胸の奥深くで決めている気がするからだ。誰かに背中を押してほしいだけだと貴史には思えた。

それは……と言ったきり黙り込んでしまった佳人を、貴史も穏やかな沈黙で待った。

やがて佳人が意を決したようにポツリと洩らす。

『やっぱり、お見舞いに行ってきます』

「そうですか」

貴史は賛成も反対もせず、ただ佳人が決めたことを喜んだ。本音を言えば、遥も承知しているのだし、のちのち後悔することになるよりは、今できることをしたほうがいい、過去は過去として今の佳人の立場で見舞えばいいと、貴史自身思っていた。佳人の選択は貴史にも嬉しかった。

「病室には入れるんですか？」

『側近の方に連絡を入れれば、裏口から案内してもらえます。おれも昔たびたびお世話になった方です。当時は他の組から行儀見習いに来ていた預かり身分の方だったのに、今では香西組の若頭補佐だそうで、驚きました』

佳人は懐かしむように話す。

『確かに香西さんにも気に入られて可愛がられていた方なんですよね。おれにとっては、ヤクザの中にもこういう人がいるんだなと、最初に思わせてくれたのがその方です。そういう方からおれが出ていったあとの香西さんの話を聞かされると、ちょっと涙腺が緩みました』

「十年は長いですよね」

端《はた》から見ればその執着ぶりは相当強い愛情ゆえだと思われたが、貴史はそこには触れなかった。言ったところで佳人を困惑させるだけなのは火を見るより明らかだ。成就《じょうじゅ》しない恋愛などこの世には掃いて捨てるほどある。それで人間関係が縺《もつ》れ、貴史のような弁護士の許に依頼人がしばしば相談に訪れるのだ。貴史は依頼人たちから様々な愛憎劇を聞かされてきた。

『……嘘か本当かわからないけど、おれが遥さんのところに行ってからも、香西さんはおれのことを引きずっていたと思う、って言われたんです』

「ああ。だからお見舞いに来てほしいと思われたんですね」

側近からすれば、親分がいまだに佳人に未練を持っていることがわかって、こんな事態になったからには、せめて見舞いにだけでも来てくれないかと組長のために気を回したのだろう。

佳人は組長と袂《たもと》を分かって遥の許に行ったことに不義理を感じている面もあるようだ。

「きっちり話を付けた上で香西さんの許を離れた以上、佳人さんが香西さんに悪いと感じる必要はまったくないと思いますよ。たとえ、遥さんが佳人さんに一目惚れして、椿姫《つばきひめ》みたいなドラマチックな展開があったのだとしても……」

『ないです』

速攻で佳人に否定される。

『そんなロマンチックな出会いじゃありませんでした。残念ながら』

あながちない話でもなさそうだと思っていたのだが、なにはともあれ、佳人がようやく笑ってくれてよかった。

『貴史さん、ありがとうございました。おれ、これから病院に行ってきます』

佳人にあらたまって感謝の言葉をもらう。

「あ、待って、佳人さん」

貴史はすっかり冷めてしまったロールキャベツに視線をくれ、腹を決めた。

「僕も一緒に連れていってくれませんか」

唐突な上に図々しい頼みだったが、佳人は逆に『いいんですか』と歓迎してくれた。

「東原さんのことは心配するには及ばないかもしれませんが、そうは言っても僕も気になります。部屋で待っているだけでは落ち着きません。もしかしたら、どなたかもっと詳しい事情をご存知の方がいらっしゃるかもしれないので、聞いてみたいんです」

貴史は佳人に正直に言った。佳人から相談を受けた以上、途中で放り出すのは無責任だと思うので最後まで付き合いたい、という気持ちも確かにあったが、そうしたもっともらしい理由にかこつけて本音を隠すのは狡《ずる》い気がして、そうは言わなかった。

一時間後に恵比寿《えびす》駅前で落ち合い、佳人の車で香西が搬送された病院に向かうことになった。救命救急センターのある大きな病院だ。

ロールキャベツを保存容器に移し替えて冷凍庫に入れ、貴史はスーツに着替えた。香西組の関係者が何人も詰めているだろうから、普段着のままふらっと行くのはなんとなく心許なかったし、ネクタイがあるほうが気持ちが引き締まるのでよかった。

貴史が待ち合わせ場所に行くと、すでに佳人は車を停めて待っていた。

「すみません、さっきは情けないところ見せちゃって」

「なに言ってるんですか」

「あのあと頭が冷えてふと気がついたんですが、おれ、前にも香西さんのところにいたんだって話、したことありましたよね」

どうやら佳人は完全に冷静さを取り戻している様子だ。

「そうでしたっけ」

貴史はわざと空惚け、佳人が思ったより落ち着いていて元気そうなことに安堵《あんど》した。

車を走らせながら、佳人は照れくさそうに睫毛《まつげ》を瞬かせ、貴史との電話を切ったあと遥からあらためて電話をもらったことを明かしてくれた。

「おれからかけたときには、仕事がまだ終わらないとそっけなくされたので、まさかかけ直してくれるとは思っていなくて、びっくりしました。もちろん嬉しかったですよ。やっぱり見舞ってきます、と言ったら、『ああ』って。いつもと変わらず愛想のかけらもなかったけど、声に温かさが感じられてホッとしました。十時半くらいに遥さんも病院に来ると言ってました。香西さんに会うつもりはないようでしたが」

「遥さん、佳人さんを迎えにくるつもりなんでしょうね。優しいですよね。佳人さんのことがめちゃめちゃ好きなのが伝わってきます」

「やめてください……そういうの。恥ずかしいです」

暗い車内でも、佳人がじわじわと頬を上気させていくのがわかって、貴史は微笑ましかった。

思えば、貴史が二人と出会った頃から、佳人と遥はお互いに熱愛し合っていた。

その頃貴史自身は東原とぎくしゃくしっぱなしで、二人が心底羨《うらや》ましかったものだ。

貴史にしてみればこの二人は本当に変わらないなぁと感心するのだが、本人たちにしかわからない葛藤《かっとう》がきっとあっただろう。今夜再び香西とのことを佳人の口から聞き、何事もなくうまくいっている付き合いなどそうそうあるものではないと再認した。

香西が搬送された総合病院に着く。

駐車場に車を停めて病院の裏口に回ると、濃いグレーのスーツを着た一見サラリーマンふうの男が待っていた。

「正宗《まさむね》さん。お久しぶりです」

「ご無沙汰しております」

佳人と香西の側近と思しき正宗という男は、手短に挨拶《あいさつ》をすませた。

あらかじめ貴史が同行することは伝えてあったらしく、正宗は貴史にも畏《かしこ》まって一礼してきた。

佳人が貴史についてどこまで説明しているのかはわからないが、一緒に病室に向かうことに異論はなさそうだった。

夜間の病棟は怖いほど静まりかえっている。

正宗を先頭に廊下を歩いていく途中、誰ともすれ違わなかった。

「正面玄関あたりにはまだ報道陣がいるんですか」

佳人が声を潜《ひそ》めて正宗に聞く。それでも廊下に反響して、後ろを歩く貴史にもはっきりと聞き取れた。

「何人かは残っていますが、だいぶ散りました。手術が成功して一命を取り留めたとわかると、今夜はもうそれ以上記事にできることはないと判断したようです」

「手術、成功してよかったです。香西さんに限ってそんな簡単に死ぬようなことはないと信じていました」

佳人の言葉は真摯《しんし》で親身だった。

「ありがとうございます」

正宗は佳人に丁重に礼を言い、ちょっと残念そうな顔をする。

「親父にも佳人さんの言葉、聞かせてやりたいところですが、あいにくまだ意識が戻りません」

「今夜が峠というのは変わっていないんですか」

「手術前の見立てよりはいい方向に向かっているようですが、まだ予断を許さない状態とのことです。今は集中治療室にいます。中には入れませんが、ガラス越しに顔を見ることはできます。せっかくご足労いただいたのに直にお引き合わせできなくて申し訳ないんですが」

「いえ、お気遣いは無用です」

佳人は多くを語らなかったが、正宗には佳人の複雑な気持ちがわかっているようだ。正宗は歩きながら静かに頭を下げた。

「ご無理をお願いしたのは承知しております。正直、来ていただけるとは思っていませんでした。ダメ元でお電話差し上げたにもかかわらず……。本当に、ありがとうございます」

「……ご恩が、ありますので」

こういう場合、佳人もどう返事をすればいいのか悩むらしく、会話がぎこちない。

互いの立場を踏まえた上で遠慮し合う二人の会話を端で聞いていて、貴史はもどかしさと同時に相手に対する誠実さを感じ、ここの関係もまたいいと思った。

佳人の周りには、常に佳人の力になりたいと思う人が自然と集まる。それもまた、久保《くぼ》佳人という人間の持つ魅力ゆえだろう。かくいう貴史も、佳人に惹《ひ》かれてやまない一人だ。

ガラス張りの集中治療室の前には、見張り役らしき強面《こわもて》の男が二人いた。

二人は正宗を見るとサッと深く頭を下げ、正宗の目配せ一つで部屋の前から離れた。廊下の数メートル向こうで待機する。

貴史は、ガラスに近づく佳人を斜め後ろから見守った。

集中治療室内にはベッドが四台並んでおり、そのうちの二台は空いていた。患者が寝ている二台のうち、奥にいるのが香西のようだった。あちこちチューブが挿《さ》されていて、口には呼吸器が付けられている。顔面は蒼白で血の気が感じられず、これは確かにまだ危機を脱し切ったとは言い難《がた》い状況だと素人目《しろうとめ》にもわかった。

佳人の顔も先ほどまでとは打って変わって強張っている。実際に香西の姿を見て、事態の深刻さが想像以上だったことにショックを受けたようだ。

「親父はきっと戻ります」

正宗の言葉は、佳人と同時に自分自身に向けられたもののように聞こえた。

「はい。おれもそう信じています」

佳人も気丈な目をして言う。視線は香西からチラリとも逸《そ》らさない。

ここは正宗に任せ、貴史は遠慮したほうがよさそうだった。自分の出る幕ではない気がする。

そっとその場を離れようとして、気配に気づいた正宗と目が合った。

会釈《えしゃく》して、ここに来る途中見かけた談話室の方向を指差す。

あそこにいます、という貴史の合図を正宗はすぐさま理解し、わかりましたと頷《うなず》いた。

談話室も暗かった。面会時間外なので当然だ。本来であれば、今の時間帯に部外者は病院内に立ち入れないはずだった。

病院側も患者が香西組組長であることに配慮して、やむなく特別措置を取っている様子だ。おそらく警察関係者も集中治療室周辺を監視しているだろう。香西が病院で再び狙われようものなら、面目《めんぼく》丸潰れだ。

二十畳ほどの談話室には丸テーブルと椅子のセットがいくつも置かれ、窓際にはビニールクロス張りのベンチシートが据えてあった。

室内灯は消されているが、四台並べて設置された自動販売機の商品サンプル部分を照らす明かりは夜間でも点いたままで、その周辺だけ薄明るい。

光源に一番近いテーブル席に貴史は着いた。

香西の容態も気になるが、それと同じくらい貴史は東原のことが頭から離れなかった。無事でいることを人伝《ひとづて》ではなく貴史自身の耳で知りたい。せめて声だけでも聞かせてくれたら落ち着けるのだが、電話に出ないし、子分たちですら居場所を知る者は一握りとなると、簡単にはいかないだろう。会えるならそれに越したことはないが、さすがにそこまで我が儘は言えなかった。

しばらく一人で悶々《もんもん》としていたが、そのうちまた、集中治療室前にいるはずの佳人のことが気になりだした。

佳人は大丈夫だろうか。そろそろ戻ったほうがいいだろうか。そう考え始めたとき、正宗が談

話室に姿を見せた。

「あ。今戻ろうと思ったところでした」

「もうしばらくここにいてもらっていいでしょうか。佳人さんに、一分か二分でいいから一人にしてほしいと頼まれまして」

「そうなんですか。でも……」

「心配しなくても、若い衆が二人、遠目に見ていますから大丈夫ですよ」

正宗に言われ、貴史は浮かしかけた腰を下ろして座り直す。

きっと佳人は情けない顔を傍《そば》で見られたくないのだろう。

「失礼ですが、本家の若頭と懇意にされている御方ですよね？」

唐突に正宗が貴史に聞いてきた。

「はい」

貴史は正宗の顔を真っ直ぐ見て肯定する。

正宗は、威圧感などいっさい感じさせない、温厚で人柄のよさそうな、真面目な顔つきの、好感が持てる男だった。短めに刈り上げた黒髪と、筋肉質と思しき引き締まった体型に、体育会系の雰囲気を感じる。どちらかといえば地味で木訥《ぼくとつ》とした印象だが、言動はきびきびしていて隙がなく、かなりできる男のようだと貴史は思った。

「若頭とはやはり連絡が取れずにいらっしゃるのですか」

正宗は貴史がここに来たわけを察していた。

「わたし共も若頭がご無事だということ以外知らないんですよ。お役に立てそうになくて申し訳ありません」

「いいえ、そんな。僕が勝手に佳人さんに付いてきただけですから」

正宗に詫びられると、かえって恐縮する。

「東雲会の若頭の居場所なら、たぶんすぐに調べられると思いますよ」

重ねて言われ、貴史は一瞬息を止めた。

そうか、最初からそうすればよかったんだ、と己の機転のきかなさにがっかりする。

「お願いできますか」

正宗は「もちろんです」と微笑み、その場でどこかへ電話を一本かけた。

「わかり次第、折り返しかかってきます。少しお待ちください」

「ありがとうございます」

貴史は深々と頭を下げた。

「そろそろ五分になりそうですね」

「戻りましょう。佳人さん、僕たちがどこへ行ったのかと不安になっているかもしれません」

貴史に続いて正宗も椅子を立ち、揃って談話室を出た。

左右に伸びる廊下も暗い。ところどころに常夜灯と非常出口の緑のランプが点いているだけで、十メートル先は暗がりにしか見えない。人気がほとんどない夜の病院というシチュエーションが加味《かみ》されるせいか、少々不気味だ。

集中治療室は談話室を出て左手に行き、角を曲がった先にある。

正宗について歩きだした貴史は、ふと背中に強い視線を感じ、背後を振り返った。

「どうかしましたか？」

前を歩いていた正宗が訝《いぶか》しげに聞いてくる。

「すみません、なんでもありません」

廊下には貴史たち以外誰の姿も見当たらず、貴史は気のせいかと苦笑し、正宗に謝った。

角を曲がると、集中治療室の前にいる佳人がこちらを見ていて、目が合った。

佳人のほうから軽く腕を上げて小さく手を振ってくる。

貴史は歩幅を広げて佳人の許へ急いだ。

先ほど感じた気がした視線のことはすでに頭から払いのけていた。

＊

香西誠美の狙撃は予定外のアクシデントだったが、元成田組《なりたぐみ》の竹林《たけばやし》は香西にも恨みがあるらしく「まぁいい」とほくそ笑んでいた。

だが、吉岡《よしおか》はそれでは気が収まらない。

狙撃に失敗した直後、東原は行方をくらました。不測の事態が起きて香西が倒れ、辺りが騒然としていた隙に逃げられ、どこに隠れたのか今もって掴めていない。

潜伏《せんぷく》されると、組織力がなく情報網も持たないこっちは分《ぶ》が悪い。東原もおそらく狙われたのは自分だと気づいたはずだ。今後は鉄壁の防御態勢を敷いた上で、撃ったのが誰か草の根を分けて捜させるに違いない。

グズグズしていたら反対にやられかねない状況になった。どれほど凄腕のスナイパーを雇っても、計画どおりにはいかないものだ。

竹林が、香西を張っていれば東原が接触してくるかもしれないと言うので、搬送先の病院を突きとめ、業者に化けて通用口から病棟に潜《もぐ》り込んだ。

すると、意外な展開になった。

東原辰雄《たつお》のイロだという三十二歳の弁護士が病院に現れたのだ。

物陰から顔を確かめたところ、間違いなく竹林が以前メールに添付して寄越《よこ》した資料にあった写真の男だった。名前は執行《しぎょう》貴史。

執行と一緒に来た同年配の男は誰だか知らないが、そっちのほうが香西と近しい間柄のようだった。だが、香西もその男もどうでもいい。問題は東原だ。

執行を見張っていればそのうち必ず東原とコンタクトを取るに違いない。

竹林に言って、成田組にいたときの子分の誰かを執行に張りつかせるか……。ただし、使える人間がいればの話だ。弁護士だけあって頭の回転も速そうなら、勘も鋭そうな男だった。さっき背中に向けた視線に気づかれかけてヒヤリとしたばかりだ。侮《あなど》れない。

とりあえず竹林に相談すべく、思案を巡らせながら非常口と記された鉄製の扉を開けて階段室に入り込んだ途端《とたん》、一つ上の踊り場に立っている男に気がつき、ギョッとする。

「お、脅かすんじゃねぇよ……！」

武藤啓吾《むとうけいご》——今回の計画のために大枚を叩いて雇ったスナイパーだ。

武藤のような裏社会で知られた凄腕に渡りをつけられたことも、竹林の誘いに乗って東原に報復する決意をした理由の一つだ。

武藤を吉岡に推薦したのは、昔父親の組にいた元組員の男だ。組長の側近の一人で、しばしば自宅に来ていたので息子の吉岡とも面識があった。その男と数年前ラスベガスで顔を合わせた。父親が逮捕され、組が解散して以来、かれこれ十五、六年ぶりだった。まさに奇遇としか言いようがない。向こうも吉岡を覚えていた。

その元組員が、組に入る前は自衛隊にいた男で、新入隊員だった頃の武藤を知っていた。立場的には武藤の上官だった。

武藤は新入隊員時代から身体能力がずば抜けていて、特に射撃の腕前はトップクラスだったという。座学でも優秀な成績を上げており、将来を期待された人材だったらしい。突然自衛隊を辞めたときには、皆驚いたそうだ。その後、渡仏して傭兵《ようへい》部隊に入り、様々な戦地に赴《おもむ》いて実戦経験を積んでいると風の噂で耳にした、と元組員の男は言っていた。

蛇《じゃ》の道は蛇《へび》で、元組員の男は、武藤が今や国際手配がかかるほどの凄腕スナイパーだと薄々感づいていたそうだ。ロサンゼルスの街中で武藤を偶然見かけ、久しぶりだなと声をかけて何食わぬ顔で連絡先を交換しておいたのも、いずれ何かの役に立つかもしれないと狡猾《こうかつ》に頭を働かせたからだろう。

今になって元成田組の幹部構成員だった竹林から連絡を受け、一緒に東原に報復しないかと誘われたとき、実際それが役立った。ある種運命的なものを感じる。

竹林からメールをもらったとき、最初吉岡はさして乗り気でなかった。組を潰し、一家離散させる原因を作った男に恨みは感じるが、報復などは現実味がなく、考えたこともなかった。ましてや、相手は今や飛ぶ鳥を落とす勢いの超大物ヤクザだ。

馬鹿なヤツがいてな、と竹林を嘲《あざけ》りながら、持ちかけられた話を元組員の男にしたところ、至って真面目な口調で「無理じゃないかもしれませんぜ」と言われた。そこで名前が挙がったのが武藤啓吾だ。噂では、金さえ払えばたいていの依頼は引き受けるらしいので、連絡だけでも取ってみたらどうかと勧められ、あまりあてにせずにそのとおりにしてみた。

連絡先はわかっていても、実際に本人と具体的な交渉に入るまでに相当な時間を要したが、噂は本当だった。

武藤はターゲットの名前を聞くと、いささか法外な報酬を求めてきたものの、払えるなら引き受けると確約したのだ。金以外の条件は一つだけ。仕事のやり方は武藤に任せる、というものだ。竹林に相談したところ、願ってもない話だと即賛成してきた。吉岡自身、武藤に渡りをつけたことで、報復してやろうという気持ちが一気に膨《ふく》らみ、最初乗り気でなかったことなどすっかり忘れていた。

武藤はこの計画の要だ。

吉岡は踊り場に立つ武藤を見上げ、忌々《いまいま》しいが東原を仕留めるまではこいつの機嫌を損ねるわけにはいかない、と己に言い聞かせた。

立ち姿一つとっても一種異様な存在感を持つ武藤が、勿体《もったい》つけた足取りでゆっくりと階段を下りてくる。革靴を履いているにもかかわらず、まったく靴音を立てない。猫のようにしなやかで用心深い身のこなしだ。薄手のV字セーターにスラックス、そしてジャケットという、何の変哲もない格好でも、武藤が身に着けるとどこか違う特別なものに見える。こちらは業者の振りをするために作業着姿なのがまた腹立たしい。外には警察や報道陣、中には香西組の連中が目を光らせている中、どうやって潜り込んできたのか問い詰めたくなる。

「困りますね」

しっとりとした声で武藤は言った。階段室なのに声があまり反響しない。そういう喋り方をするコツがあるのか、はたまた生来《せいらい》の声質なのか。聞いたところで武藤はまともに答えないに決まっている。なんでもしらっとはぐらかす男だ。

武藤は最後の一段だけわざとカツンと偉そうな靴音を立てた。

ただでさえ武藤に対して感情を害していたため、失敗したくせに気取りやがって、と苛立ちが強まる。ギロッと眦《まなじり》を吊り上げて睨《にら》みつけたが、武藤は視線を逸らしてこちらをろくに見もしなかった。

「勝手に動かないでくださいとお願いしたはずですが」

すっ、と音もなく、肩が触れるほどの距離にまで近づいてこられ、いつの間にと顔が引き攣《つ》る。

ちくしょう、呑まれてたまるか、と下腹に力を込め、低めた声で憤《いきどお》りをぶつけた。

「勝手だと？　誰のせいでこんなことになったと思っているんだ。一発以上撃たない、撃つ必要がないなどとほざいてやがったくせに、ターゲット以外の人間に当てやがって」

「あれは不可抗力です」

武藤は澄ました声でしゃあしゃあと言ってのけた。撃ち損じたことに関しては弁解する気などさらさらなさそうだ。

「すでに引き金は引いていましたから、あのタイミングで被《かぶ》さってこられたら、さすがに僕でもどうすることもできません」

そして、茶目っ気たっぷりに付け足す。

「強《し》いて言うなら猫が悪いんですよ。あの黒い野良猫が」

——なにが猫だ。猫のせいにしてすませるな。こっちは貴様《きさま》の提示したとおりの金額を支払うんだぞ。このままだと手付金だけで、残金はなしになりそうだな。

腹の中ではどんどん悪態を吐きつつも、実際に口から出たのはありきたりのセリフだった。

「次はもう失敗は許されないぞ」

この男の気まぐれぶりには手を焼いている。仕事は金次第と割り切っており、どんな依頼であっても金さえ用意すれば受けるという、実力のわりには驚くほどのプライドのなさだが、おかげでこちらもどうにか雇うことができた。それを、下手なことを言って旋毛《つむじ》を曲げさせでもすれば、計画自体が中止になる可能性もある。武藤の代わりはいないのだ。他にこういう職業の人間に伝《つ》手《て》はない。竹林も、僅かに残った子分たちとだけでは東原に報復する力がないから、わざわざ二十年前の事件を洗い直し、アメリカで普通に生活していたこちらを捜し当てて、今回の話を持ちかけてきたのだ。協力者が一人でも多く欲しかったのだろう。

「ご心配なく。次は必ず仕留めますよ」

武藤はくるりと無駄のない動きで体を反転させると、先に立って階段を下り始めた。

「今日は運が悪かった。次はもっと入念に計画してやりましょう。店に入ったのを確かめてから狙撃場所を探すのはやはりリスクが高すぎます。そちらがターゲットの行動予定を摑める情報網を持っていないのなら、僕のほうでなんとかしますよ」

階段を足早に下りながら、息一つ乱さずトーンも変えずに淡々と話す。

「僕は、今回のターゲットが気に入りました。狙い甲斐《がい》があってゾクゾクします。さっきあなたが物陰から見ていたあの弁護士さんもね」

「あのイロ、ターゲットを引っ張り出すのに使えないか？　拉致なら竹林が元子分の残党共を使ってしてくれるぜ」

「結構です。そういうやり方は趣味じゃない。よけいなことはしないでくださいね」

釘を刺すときだけは武藤の声色が変わり、穏やかな中に凄《すご》みが混ざる。

「俺はいいが、竹林のやつは今日の失敗で相当イラついてるぜ。なにせ、元成田組の幹部様だからな。気性が荒い。あんたのことを、本当に信用できるのかと疑問視している」

「信用できないのならいつでも契約解除に応じますよ」

「チッ。そんなわけにいくか」

乗りかかった船だ。もう後には退けない。

竹林から一緒に東原に報復しないかと言われ、長い間胸の奥底で燻らせ続けていた恨みを思い出させられた。

二人で計画を練り、一年かけて準備した。

武藤に何度もメールを送り、返信させて取り引きを成立させるのに半年以上費《つい》やしたのだ。

金もすでに相当な額つぎ込んでいる。

今さらやめられるはずがない。

一階に着き、職員と業者しか通常立ち入らないバックヤードから病院の裏手にある職員専用駐車場に出る。

奥の目立たない場所に社名入りのバンが駐まっている。夜間で距離があるのでここからは見えないが、運転席に座っているのは竹林だ。警察関係者に面が割れているため、帽子を目深に被り、眼鏡をかけて印象を変えている。さらに念には念を入れ、車から降りるなと厳命しておいた。

「あんたは歩きか」

「近くの駐車場に駐めています」

そこまで乗っていくかと聞いたが、武藤はすげなく断ってきた。

「それより、短気で血の気の多そうな竹林さんに、くれぐれも勝手なまねはするなと言っておいてください。僕には僕の流儀がある。そういう条件でこの仕事も受けたはずだ。そちらが約束を守らないつもりなら、僕も従いませんよ」

「わかった。東原のことはあんたに任せる。あんたが納得のいくやり方で殺《や》ってくれ。竹林には勝手なことはしないよう言っておく」

「いいでしょう」

とりあえず武藤は納得したようだ。

フッと溜息を洩らし、長い髪を撫でつけるように指で一梳《ひとす》きする。

「まずは、どこかへ雲隠れしたターゲットをあぶり出すのが先決ですね。おそらくそう長くは息を潜めていないでしょう。そんな暇な男じゃなさそうだし」

「何か考えはあるのか」

「いいえ。これからホテルの部屋で入浴しながらゆっくり考えますよ」

では、と武藤は一足先に立ち去った。

「食えないやつめ」

吉岡登は苦虫を嚙み潰したような顔をして独りごちると、武藤の背中を見送ってから、竹林が待つ借り物の車に向かった。

*

十時半より少し早い時刻に遥が病院に来たので、貴史も一緒に病院を出た。

「貴史さん、助手席に座ってください。おれ、後ろに乗りますから」

「執行、乗れ。送っていく」

佳人に代わって運転席に座った遥にも言われたが、貴史は遠慮した。

「これからちょっと寄るところがありますから結構です。タクシーもいますし」

「えっ、今からですか。もしかして東原さんと連絡がついたんですか?」

「まだついていないんですけど、居場所を知っていそうな方のところに行ってみようと思って。

さっき正宗さんにその方のことを聞いたんです」

そこまで話すと、佳人も遥も納得したようだった。東原が気になって、やれることがあるのならばとりあえずやらないと落ち着けない貴史の気持ちを、察してくれたのだろう。

「気をつけろよ」

「困ったことがあったら、すぐ知らせてください。何時だろうとかまいませんから」

「はい。ありがとうございます。お二人も気をつけて帰宅してください」

「貴史さん、今日は本当にありがとうございました」

佳人を助手席に乗せた車が走り去るのを見送ってから、貴史は乗り場に停まっていたタクシーに乗車し、行き先を告げた。

正宗によると、東雲会若頭の芝垣《しばがき》は、今、麻布《あざぶ》の自宅にいるという。

芝垣とはおそらく初対面だと思う。本来なら突然押しかけていって会える人ではないが、今は緊急事態が起きている最中だ。向こうも臨機応変に対応するだろう。貴史は勇気を出して訪ねることにした。

タクシーに揺られている間、貴史の頭を占めていたのは、芝垣にどう話して東原の居場所を教えてほしいと頼もうか、ということだった。

芝垣は貴史と東原の関係を知っているはずだ。芝垣の下に、納楚《のうそ》という若頭補佐がいて、その男となら貴史は少しだけ面識がある。納楚に東原と逢い引きするホテルの部屋の鍵を渡されたこともあった。果たして芝垣が東原のプライベートをどの程度把握しているかはわからないが、名乗ればどういった用件で来たのかくらいは察するだろう。

また勝手なまねをしやがって、と不機嫌そうな顰《しか》めっ面をする東原が頭に浮かぶ。

自分は人より心配性なのだろう。そのために周りに迷惑をかけているのだとしたら申し訳ないと思う。東原が無事でいるのは間違いなさそうだ。無事だとわかってもまだ気持ちが収まらず、実際に本人の声を聞くか会うかしたいと思うのは我が儘だろうか。

考えれば考えるほど迷いが頭を擡《もた》げ、芝垣のような大物にアポイントも取らず会いに行こうとしている自分が礼儀知らずのエゴイストだと思えてきた。

やっぱり、もう一日二日待ってみようか……と怯みかけたとき、運転手が車を停めた。

「着きましたよ」

考え事をしているうちに、タクシーは空いた道をスイスイ走って予想外の早さで目的地に貴史を運んでくれていた。

悩む時間がなくなり、貴史は腹を括《くく》って気持ちを固め直した。

芝垣の自宅は筐《はこ》型をした三階建ての住宅だった。デザイン的に見て、築二十年は経ってそうな物件だ。物々しさはいっさい感じられず、周辺の民家に溶け込んでいる。言われなければここが東雲会のナンバー2の家だとはわからないだろう。門も塀も一般家庭と変わらない印象だった。

門塀に取りつけられたインターホンを押すとき最大に勇気を必要としたが、押したら自分でもびっくりするほど気持ちが落ち着いた。

『そろそろおいでになる頃かと思っておりました』

貴史が挨拶の一言も口にしないうちから、インターホン越しに冷静そのものといった男の声が聞こえてきた。

貴史はモニターのカメラ部分をしっかり見つめ、

「夜分に突然申し訳ありません」

と丁重にお詫びした。

『すぐ参りますから、そちらでしばらくお待ちください』

二分ほどして玄関の扉が開き、平服姿の男が出てきた。一見すると、日曜に自宅で寛いでいた一流企業勤めのサラリーマンといった風体の、ごく普通の男だった。ただし、向き合ってみると、険しい目つきをされたわけでもないのに畏まってしまいそうになる威圧感があり、言葉を交わす前から只者《ただもの》ではないオーラを感じた。ピンと背筋の伸びた姿勢、折り目正しい態度や言葉遣いは、病院で会った正宗に共通する部分がある。どちらも側近という言葉がしっくりくる。

「執行貴史さんですね。親父がいつもお世話になっております。芝垣経博《つねひろ》と申します」

芝垣は貴史の顔を真っ直ぐ見据え、腰を折って礼を尽くす。形式的な挨拶といった感じは受けず、貴史は恐縮すると同時にちょっと緊張した。いわゆる姐さん扱いというのとはまた違うのだろうが、気まずさと戸惑いからろくに返事もできなかった。

「お上がりいただいてお茶でも一服差し上げたいところですが、時間もだいぶ遅くなりましたので、すぐに参りましょうか」

「え？」

いきなり参りましょうかと促され、貴史は虚《きょ》を衝《つ》かれた。まだ貴史は芝垣に何も話していない。これから用件を切り出そうというときに芝垣に先手を取られ、困惑する。

「あの……どこに、ですか？」

芝垣を疑うわけではないが、何も説明されないままついていくのは躊躇われる。友人だと思っていた男に騙《だま》され、裏切られるという手痛い目に遭《あ》って以来、人を信じすぎないようにしている。初対面ならなおさらだ。

芝垣は、ああ、と申し訳なさそうな顔をする。

「言葉が足りなくてすみません。執行さんは、親父さんとお会いになりたくて、私を訪ねていらっしゃったんですよね？」

それ以外に貴史がここに来る理由はないと芝垣は思っているようだ。

あらたまって聞かれると、自分が恋に溺《おぼ》れてなり振りかまわぬ行動をしているようで恥ずかしくなる。いや、実際そのとおりだ。芝垣は至って真面目に対応してくれており、面倒がったり呆《あき》れたりといった態度はチラリとも見せないが、内心迷惑しているのではないかと思うと、どんな顔をすればいいのかわからない。こんな夜中によく知りもしない人の家を訪ねるなど、やはり非常識だったと、遅ればせながら後悔されてきた。

「こちらこそ、すみません。連絡もなしに押しかけてしまって」

「いらっしゃるのではないかと思っておりましたので、むしろ、お待ちしていました」

貴史に後ろめたさを感じさせないようにとの配慮からか、芝垣は気遣った言い方をする。おかげで、少し気が楽になった。

「東原さんも香西さんと一緒だったと知って、じっとしていられなくなりました。香西さんの側近だという方から、東原さんに怪我はないと聞いてはいるんですけど」

「ご心配ですよね。お察しします。親父さんもできることなら執行さんに無事だと知らせたいんです。ですが、しばらく誰とも連絡を取らないと決めた手前、執行さんにだけというのは親父さんの矜持《きょうじ》が許さないんですよ。ご存知のとおり、執行さんに対してはとにかく意地を張りたがる方ですから」

確かに、と貴史も口元を緩ませて微苦笑しながら同意する。

つけつけと言いながらも芝垣の語調には東原への深い理解と親愛の情がまざまざと出ていて、貴史まで胸が熱くなる。

「この際二日か三日ゆっくりするから、あとのことは任せる、と親父さんから私のほうに電話がありました。そのとき、もし執行さんがコンタクトを取ってきたら、親父さんが今いる場所に案内するよう言いつかっております」

「東原さんが、そんなことを……？」

一手ならず数手先を読む男だと承知しているので今さら驚きはしないが、こんな事態が起きても貴史のことに気を回し、芝垣に指示しておく東原の抜かりのなさに、またしてもやられた気分になる。敵《かな》わないなと思った。すぎるほどの情をかけられていることを、ひしひしと感じる。

芝垣の運転する車の後部座席に乗って向かった先は上野《うえの》だった。

「こちらです」

「旅館、ですか」

てっきり、またどこか貴史の知らない隠れ家にいるのだと思っていたが、芝垣が車を停めたのは、立派な門構えをした趣ある旅館の前だった。

貴史がお礼を言って車を降りると、芝垣は運転席に座ったまま「私はこちらで失礼します」と会釈して帰っていった。

扉が開かれたままの門を潜《くぐ》り、風情のある石畳のアプローチを進む。

アプローチの端に、業務用のバンと、宿泊客のものと思しき高級車が駐まっていた。水戸《みと》ナンバーなので東原の車ではなさそうだ。

左手に伸びた小道は庭園に続いていて、綺麗に剪定《せんてい》された前栽や見事な枝振りの木、存在感のある大石、砂利が敷かれた小道などがアプローチから一部覗《のぞ》けた。

旅館の玄関は門から十数メートル奥まったところにあった。

木造二階建ての風情のある建物が、庭木の中に溶け込むようにして立っている。温かみのある黄白色の明かりが障子《しょうじ》をふんわり照らしていて、ここだけ時間の流れが違うかのようだった。昭和を通り越して明治か大正かといったレトロな雰囲気を醸《かも》し出している。なんという建築様式かは知らないが、いかにも由緒ありげで、文化財に指定されてもおかしくなさそうな佇まいの建物だ。

玄関口のガラス戸を横に滑らせて開け、屋内に入っていく。

綺麗《きれい》に掃かれた土間に待ち合い用のソファセットや飾り棚が据えられ、番頭台と言ったほうがしっくりくるようなチェックインカウンターがあった。いずれも長年大切に使われてきたのが見て取れて味わい深い。天井に渡された黒々とした太い梁《はり》や柱も見事だ。旅館の歴史の古さを感じさせる。向かい側にもガラス戸があって、そちらからは中庭に出られる構造になっている。

もう十一時を過ぎているので、さすがにこの時間カウンターには誰もいない。

呼び鈴を鳴らそうと手を伸ばしかけたとき、「よお」と背後から声をかけられ、貴史は不意打ちを食らって飛び上がりそうになった。

振り向く前からわかっていたが、藍色の作務衣《さむえ》姿をした東原がいつもと変わらぬ悠然とした態度で歩み寄ってくる。温泉にでも浸かって寛いでいたかのような様子で、どこからどう見ても老舗の高級旅館に骨休めしに来た客という雰囲気だ。数時間前に狙撃事件に遭遇した男とはとても思えない。ほんの僅かの差で、もしかしたら香西ではなく自分自身が撃たれて病院行きになっていたかもしれないというのに、よくまぁこんなに平静でいられるものだ。常人にはまねできない神経の太さだ。感心すると同時に呆れもした。だが、やはり、一番強く湧いた感情は、無事な姿を見ることができた安堵と喜びだった。

「今から行くと芝垣から連絡をもらったんで待ってたぜ。よく来たな」

「よく来たな、じゃありませんよ」

旅先にでも邪魔しに来たような東原の言いぐさに、こっちの気も知らないで、と苦言の一つ二つ呈《てい》したくなる。

「心配したんですよ」

以前はこんなふうに率直に言えなかったが、最近はたいがいの感情はぶつけられるようになった。今さら隠すことなどないと開き直ってからは、気負いが取れてぐんと楽になれた。

貴史の言葉に東原はすっと表情を引き締めた。

眼差《まなざ》しから揶揄《やゆ》が消えて真剣みを帯びる。ひたすら誠実であろうとしている目だと思った。

「悪かったな」

東原は真面目な口調で言い、「部屋に来ねぇか」と奥に向かって顎《あご》をしゃくる。

いつもの強引さはどこへやったのかと、かえって調子が狂いそうだ。今夜の東原は貴史に折り入って話があるようだった。部屋に誘われても、すぐさま押し倒されて艶っぽい行為に及んできそうな雰囲気ではなかった。

玄関広間や廊下などの共用部分は一晩中明かりが点いているようだが、東原について行く途中で見かけたラウンジやバー、食事処などの館内施設はすでに営業を終了していて暗い。館内も静かで、二階の部屋に行くまでの間、誰ともすれ違わなかった。

「今夜は俺の他は二組泊まっているだけらしい。日曜だしな。ここはそれなりの値段するから、急に飛び込みで泊まりに来るような客はまずいない。番頭も十一時で引き揚げる。それ以降は夜勤の若いのが呼び鈴を鳴らせば事務室から出てきて対応することになっているそうだ」

東原は部屋に鍵もかけずにふらりとフロントに下りてきたらしい。

入れと促されたのは、百年前にタイムスリップしたかのような趣深さ、本物しか持ち得ない上質さと落ち着きを感じる和室だった。調度品もいちいち見応えがあり、花入れ一つとっても旅館の主人の拘《こだわ》りと審美眼の確かさが察せられた。

部屋は二間あり、きちっと閉ざされた襖《ふすま》の向こうが寝間になっているようだ。

紫檀《したん》の座卓に東原と向き合って座る。

東原が怪我もなく無事にしているのを自分の目で確かめて、貴史はひとまず安堵した。あとは警察に任せてよけいなまねはしないでくれたらいいと願うばかりだが、果たして東原がおとなしくしているかどうかは甚《はなは》だ疑問だ。世間の常識やルールが通じない世界で生きている男なので、貴史もどこまで首を突っ込んでいいか悩む。貴史にできるのは、せいぜい東原の足を引っ張るようなまねをしないように気をつけることくらいだった。

あらたまって東原と真っ向から顔を合わせると、照れが込み上げてきた。

「こんないい旅館が上野にあったんですね」

他に聞かなければいけないことは山ほどあるのに、いざ膝を突き合わせると、口を衝《つ》いて出たのは悠長な世間話だった。肝心なところでぎこちなくなる。東原に対しては気持ちが入り込みすぎていて、気負ってしまってかえって空回りするようだ。いきなり主題に入らないのは、なるべく長く一緒にいたい心理が働くからかもしれない。

だが、ときにそれが予想外の展開になることもある。

貴史としては単なる世間話のつもりだったのだが、東原から返ってきたのは思いがけない言葉だった。

「ここは、以前は俺の親族がやってた旅館だ」

よもやそんな縁のある場所とは想像もせず、貴史は意表を突かれて驚いた。

「そうだったんですか。てっきり、ここもお気に入りの宿の一つかと思っていました」

「ここに来たのは二十数年ぶりだ。先代の女将が存命だった間は自分の家よりよほどこっちに入り浸っていることが多かったが、代替わりして赤の他人が女将になってからは自然と足が遠のいた。先代の女将ってのが俺の祖母だったんだ」

東原の話を聞いていて、貴史はふと、前に東原がちらりと言っていたことを思い出した。

「そういえば、子供の頃は浅草《あさくさ》あたりに住んでいたとおっしゃってましたね」

「ああ。話したな、そんなこと」

東原は自嘲《じちょう》するような笑いを浮かべた。自分でも、柄にもないことを喋ったものだとあらためて思ったのだろう。

確かに東原はプライベートはめったに明かさない男だ。昔はそれこそ何も聞かせてもらっていなかった。だが、どういう風の吹き回しか、ここ最近はちょくちょく昔話をするようになった。話すというより何かの拍子に洩らす感じで、断片的にしか聞いていないのだが、相当気を許されているのを感じる。

むしろ、貴史のほうが東原に自分のことをあまり話していないかもしれない。べつに隠しているわけではなく、話すようなことがないのだ。たぶん、貴史がこれまで歩んできた人生は、東原や佳人と比べると平々凡々で、ぬるま湯に浸かっているようなものだった。大きな挫折もなければ、家族を含めて不幸にも見舞われず、進学も就職も希望通りにいった。貴史の人生をある日突然変えたのは、他ならぬ東原自身だ。そこから先はもう、別世界に放り込まれたのではないかと思うほど非凡な体験の連続だった。我ながらよく乗り越えてこられたと感心する。

今もまさに知り合いが撃たれるという衝撃的な事件の渦中にいて、東原の身を心配している。それまでの安寧《あんねい》とした日々とは百八十度違うが、東原と出会って波乱の連続を味わわされるようになってからのほうが充実した人生を送っている気がするのだから、何が幸せかわからないものだ。確かに言えるのは、結構図太い神経を持って生まれたようでよかった、ということに尽きる。

「浅草に家があったんだ。ここから近い場所だ」

東原はまだこの話を続けるつもりらしかった。

腰を据えて過去の話を聞くのは初めてだ。貴史は興味深く耳を傾ける。

「住む者がいなくなって、そっちはもう跡形もなくなってしまったがな。この旅館は母方の先祖が明治に創業した由緒あるもので、そう簡単に廃業するわけにもいかないってんで、今は他人に譲《ゆず》って続けてもらっている。本来なら先代女将の一人娘だった俺の母親が継ぐはずだったが、俺の母親は学生の頃から女将にはならないと宣言していたそうで、普通にＯＬになった。外資系企業でバリバリ働く傍《かたわ》ら、取引先の男と結婚し、兄貴と俺を産んですぐ離婚。その後しばらく経ってもう一回結婚し、また離婚。今はスペインかどこかで自分より二十くらい若い男と同棲しているようだ。本人はもう七十手前のババァだが」

「は、はぁ……それは、また」

ただでさえ男女の機微に疎《うと》い貴史は、東原に母親の男遍歴を聞かされても相槌すらうまく打てなかった。

「聞きたくないか、こんな話？」

東原は貴史のぎこちない反応にニヤリと笑いつつ、決して貴史がそうは思っていないことを承知の上で、そんな意地の悪いことを言う。

「いいえ。続けてください。あなたのことなら、なんでも知っておきたいです」

貴史は慌てて言った。

せっかくの機会をフイにするつもりは毛頭《もうとう》ない。

「俺も、おまえには過去もひっくるめて俺自身のことを話しておきたいと思うようになってきた」

珍しく東原からも素直な言葉を聞けた気がして、貴史はドキッとした。

しっとりとした声音が耳朶《じだ》を打ち、真摯《しんし》な眼差しが心臓を射貫《いぬ》くように貴史を見つめてくる。

座卓を挟んで行儀よく正座し、指一本触れさせることなく話しているだけにもかかわらず、布団の中で脚を絡め合い、耳元に熱く湿った息をかけられでもしたような淫靡《いんび》な疼《うず》きに見舞われる。東原の視線と声には絶大な色香と威力がある。貴史の脳髄を痺れさせ、下腹部を蕩《とろ》けさせる。

貴史は熱い息をつき、唇を軽く一噛みした。

「今ここの所有者は旅館経営に長けた企業だが、女将は祖母が見込んで育て上げた赤の他人が引き続きやっている。それ以外の従業員もほぼそのままだ。だから表面的には何も変わっていない。建物自体は築百五十年を越す代物《しろもの》で、元々は陣屋《じんや》だったものを移築したらしい。あちこちに置かれている調度品や美術品の中にはびっくりするような価値のものも含まれていると聞く。俺がガキの頃からいる男が今も番頭として勤めていて、いろいろ話したがるんだ」

「その番頭さんが東原さんを坊ちゃんと呼んでいた方ですか」

そういう話も聞いていたなと思い出し、貴史は微笑ましさに目尻を下げ、口元を緩ませた。

「おまえ、今笑ったな。柄じゃねぇのは俺が一番よく知っているから、ほっとけ」

「笑ってないですよ」

貴史は否定した端から噴き出してしまう。ムキになる東原が妙に可愛くて堪《こら》えきれなかった。

東原は忌々しげにチッと舌打ちしたが、機嫌は損ねていなそうだ。目が笑っている。

「番頭もだが、俺を坊ちゃん呼ばわりしていたのは、浅草で建築業をやってた祖父のところの連中だ。身内同然の職人たちが祖父の家に何人も出入りしていて、遊びに行くと、坊ちゃん、坊ちゃんと言って可愛がってくれた。中学に上がってからはぱったりと行かなくなったんで、その前までのことだがな」

「お兄さんも一緒にお祖父さんのお宅に行っていたんですか」

つい最近二十回目の命日を迎えた東原の実の兄のことは、話題にしていいかどうか迷ったが、東原自身の口から、母親の話をしたときに「兄貴と俺」という言葉が出ていたので、変に遠慮して触れずにいるより会話の流れに任せたほうがいいと考え、あえて避けなかった。

「いや。兄貴はめったに行かなかった。物静かで真面目な優等生だったから、祖父とはウマが合わなかったんだろう。今にして思えばだが」

東原も兄の話をするのはやぶさかでないらしい。逸らすどころか、どんどん掘り下げていく。よもや、東原の兄、和憲《かずのり》の身に起きたことが、今回の狙撃事件ともどうやら無関係でなさそうだとわかるまでは、貴史は何気ない昔話だと思って聞いていた。

「祖父は俺と似たタイプの男でな。まぁ、こう言っちゃなんだが、あの頃の建築業ってのは、今俺がやってる稼業と遠からずってところがあった。若い衆に職の世話をしたり、揉め事の仲裁したり、よくしてたしな。旅館の女将として忙しく立ち働いてた祖母の他に愛人を囲ってもいた。祖父は祖父なりに兄貴のことも可愛がっていたと思うんだが、兄貴のほうが次第に距離を置くようになった感じだ。俺が小四のとき中一で、勉強やなにやで遊ぶ時間が減ったり、付き合いの範囲が変わったりしたってのもあったんだろうがな」

「お兄さん、東原さんとは全然性格が違っていたんですね」

「性格は違ったが、仲はよかったんだぜ」

東原の語調には兄への情が強く感じられた。と同時に、早世《そうせい》したことを悼《いた》み、どこかでそれを今も引きずっている気がした。感傷的という言葉は東原にはあまりしっくりとこないのだが、兄のことには特別な思い入れがあるようだ。仲のいい兄弟だったから――だろうか。

二十年前に亡くなったとすると、享年は二十四歳だったことになる。本当に若かったんだなと知らない人ながら惜しまれた。

「亡くなられたのは病気か何かでですか」

「いや。自殺だ」

あまりにもさらりと言われたので、貴史は一瞬聞き間違いかと思った。

「え……?」

東原の顔を凝視する。

東原は先ほどからほとんど表情を変えておらず、感情を含めずに起きたことだけ貴史に話したいようだった。

貴史はコクリと喉を鳴らし、居住まいを直した。

遅ればせながら、これはただの昔話ではないようだと、さすがに察せられてきた。一語一句聞き逃さないようにしなくてはと気を引き締める。

「そもそもの発端《ほったん》はバイク事故だった」

東原の語調からも話が核心に迫ってきたことが察せられた。

「山道を一人でツーリングしていたとき、ふざけて蛇行運転をしながら走っていた車を危険だからとスピードを上げて抜いたら、腹を立てた車が追ってきて、幅寄せしたりクラクションを鳴らしたり怒声を浴びせたりして煽《あお》ってきたらしい。スピードを上げれば上げるほど向こうも上げてきて、ついには車のほうがハンドル操作を誤ってガードレールに激突、後部座席に乗っていた男が怪我を負った。悪いのは車のほうだが、まずいことに車に乗っていた三人は、関東東部をシマにしていた吉鷹組《よしたかぐみ》の下っ端連中だった」

もうその段階で貴史にはなんとなくその後に起きた出来事が想像できた。

「兄貴はよほど動顛《どうてん》していたんだろう。示談にしたいと言われて同意し、警察を呼ばなかった。相手がヤクザだなんて知る由《よし》もない。車は結構ひどいことになっていたが、幸い怪我は軽く、兄貴のほうはほぼ無傷だ。こっちにも非はあった、とその場は殊勝《しゅしょう》に言われたので、あとから修理代をふっかけられたり脅されたりするとは夢にも思わなかったようだ。それまで悪意を持った人間と縁がなかったんだろうな。その場は連絡先の交換だけして帰宅したが、翌日さっそく吉鷹組の連中が接触してきて、治療費を要求してきた。車の修繕代は確かに要らないと言ったが、治療費までチャラにするとは言っていない、と言うわけだ。よくある手だが。兄貴はびっくりしたものの、最初は請求通りに払った。車の修繕代と比べたら微々《びび》たるものだから、これですむならと普通の人間は考える。ところが、連中はダニみたいなやつらだ。一度払ったら骨までしゃぶり尽くそうとする。払っても払っても次から次へと理由を付けて、グルになっている医者の診断書を叩きつけにくる。たまらず警察に行くと言うと、殴る蹴るの暴力だ。家族にも危害を加えると脅され、誰にも相談できなくされる。暴力を振るうにしても、慣れてるやつらは表からは目立たないようなところを狙って、服を脱がない限りわからないようにするから、俺も全然気がつかなかった。兄貴は、家族や恋人にまで連中の手が伸びるのを恐れ、三ヶ月近く必死に耐えていたんだと思う。交際していた相手にも仕事が忙しいからと言って、会うのを避けていたらしい」

「最後は追い詰められての……?」

「ああ。そうだ。俺たち家族は遺体を見るまで兄貴がどれだけ苦しめられていたのか全然気付いていなかった。遺体にひどい痣《あざ》や火傷の痕があるのを見て、兄貴の身に何が起きていたのかと愕然とした体《てい》たらくだ」

「東原さんはどうやって事故のことを知ったんですか」

「兄貴の残した日記だ。几帳面《きちょうめん》で筆まめだった兄貴はずっと日記を付けていた。誰にも一言も洩らしていなかったが、さすがにその中でだけはすべてを事細かに記録していた。死後、遺品の中からそれを見つけて読んだから、事件の詳細もわかったし、やつらがどんなふうに兄貴を脅し続け、嬲《なぶ》り続けていたかもわかった」

「東原さんは……まさか、そのヤクザに報復しようと考えたわけですか」

そして、それが東原を東雲会とかかわらせ、現在の地位にまでのし上がっていく第一歩だったのではないか。閃《ひらめ》くようにそう思った。

なぜ東原がヤクザになったのか、今まで貴史は聞きたくても聞けずにいた。聞いていいことなのかどうかもわからなかったし、知ること自体が怖い気もしていたからだ。

けれど、もう、知らないままではいられなかった。

「それって、お兄さんが亡くなってすぐのことですか」

「報復しようと決意して、実際にカタがつくまで、半年とかからなかったな」

東原は淡々とした口調で言う。

「兄貴が死んで、遺書代わりの日記を読んで真相がわかり、どうしたら吉鷹組をぶっ潰せるか考えて、組周辺の事情を徹底的に調べ上げた。昔から因縁深くて諍《いさか》いの絶えない犬猿の仲の組があることはすぐにわかった。そっちのことも入念に調べ、俺は両方に嘘の情報を流してやった。自慢じゃないが、我ながらしたたかに立ち回り、巧みに情報操作したもんだと今でも思う。どっちか一方にバレたら即アウトの、ギリギリの綱渡りの連続だった。ヤクザの本当の恐ろしさを知らない向こう見ずなガキだったからできた芸当だ。今なら絶対にしない」

「バレなかったのが奇跡だったんですね」

「ああ。運が俺に味方してたんだろう。あとは向こうが勝手にドンパチを始めるのを、俺は何もせずに見ていただけだ。そこから先のことは正直考えていなかった。俺も当時はたかだか二十一の若造だ。ヤクザ共が俺のしたことに気づき、捕まえられたらどうなるかってところまでは頭が回っていなかった。兄貴の敵討《かたきう》ちをするところまでが俺にとっての上がりだったからな。最終的に双方に手打ちをさせた東雲会の初代会長が俺を匿《かくま》ってくれなければ、三日と逃げられずに簀巻《すま》きにされて海に放り込まれていただろう」

貴史はほうっと溜息を洩らした。

聞いているだけで嫌な汗を掻きそうだったが、東原がどうして今のような環境に身を置くようになったのか、だいぶ明らかになった。東原自身に対する理解も深まったと思う。

「あなたのこれまでの足跡がやっとわかりましたよ」

ザッと聞いただけなので摑み切れていないところもあるが、なにより、東原が自分から話す気になってくれたことが嬉しかった。

「先にそれを話しておかないと、今度の一件の説明が難しいからな」

東原の言葉を聞いて、やはりただの昔語りではなかったかと貴史は身を引き締めた。薄々そんな気はしていたので驚きはしなかった。

「今回の狙撃事件、二十年前に俺が潰した吉鷹組の元組長の息子がかかわっている可能性が浮上した。そいつは元々組とは無関係で、今もアメリカに生活の拠点があるようだが、数日前帰国したことがわかっている」

「どうして急に……？」

「成田組の残党が絡んでいると考えるのが一番可能性が高いな。あれ以来、大きな揉め事は起きていないし、スナイパーを雇ってまで俺を殺したい動機がありそうなのは、連中くらいだろう」

「今夜狙われたのは香西組長ではなく、あなただったんですか」

「ああ。狙われたのは間違いなく俺だった。香西は俺といて不運だっただけだ。気の毒なことをした。手術が成功してくれて、とりあえずホッとしている」

東原は自分のことにもかかわらず、飄々《ひょうひょう》としている。少なくとも、貴史にはそう見えた。

カアッと頭に血が上る。

「な、なんでそんなに冷静なんですか……！　まだ何も解決していないんですよね？」

東原とはこういう男だと頭の片隅では認識しているものの、あまりにも泰然自若《たいぜんじじゃく》とした態度に怒りすら湧き、感情的になった。

「また狙われたらどうするんですか。警察に保護を求めるとか」

「保護？　この俺がか？」

ちゃんちゃらおかしいとばかりに東原は笑う。

自分で言っておきながら、さすがにそれはないなと貴史も半信半疑だったため、言い返せずに黙り込む。

東原はフッと真剣な顔つきになった。

「だから、とりあえずここに隠れているんじゃねぇか」

貴史が心配していることは十二分に伝わっているようだ。

気を取り直して聞く。

「いつまでも、というわけにはいかないでしょう?」

「せいぜい二、三日が限度だな」

東原はニヤッと不敵に笑うと、いきなり立ち上がった。

「どこに行くんですか」

貴史も慌てて立つ。目を離すとこの男はどこで何をするか知れたものではない。おとなしくしていると言った舌の根も乾かぬうちから、やはり事務所に戻ると言い出しかねず、少なくとも三日間はここにいさせなければと思った。

「もう寝るんだ。おまえも来い」

「ち、ちょっと……! 東原さんっ!」

二の腕を摑んで引き立てられ、貴史は狼狽えた声を上げた。

バン、と隣室との境の襖が開け放たれる。

枕元の行灯《あんどん》型の明かりだけが点けられた六畳間には、ダブルサイズの布団が一組伸べてある。

「おまえ、今、腹の中で何を考えた？　貴史」

東原は貴史の腕を摑んだまま布団の上に腰を下ろすと、あっという間に貴史を押し倒してのし掛かってきた。

「目を離すとろくなことをしそうにないから、一晩見張ってないとまずい。そう思ったんだろ」

「……っ」

貴史は黙り込み、顔を横に倒して東原から背けた。

「見張らせてやるよ、望み通りにな」

色香に満ちた声が甘い毒のように貴史の耳から脳に染み込んでいく。

荒々しく唇を塞がれ、吸い上げられる。

強張らせていた体から力が抜けていく。

きっとこうなると思っていた。もっと正直に言えば、期待していた。

貴史は濡れた粘膜を繰り返し接合させつつ、抗《あらが》わずに東原の与える悦楽《えつらく》に身を任せた。

4

月曜日、貴史は上野の旅館から直接事務所に向かった。

「寝不足ですか」

九時ギリギリに出勤した貴史の顔を見て、司法書士資格を持つアシスタントの千羽《ちば》が愛想のかけらもないそっけなさで聞いてくる。

「まぁ、ちょっと」

そんな一目でわかるほど疲れが顔に出ているだろうかと不安になり、化粧室で鏡を見たが、普段から貴史を知っている者でない限り気付かれる心配はなさそうだった。

千羽とは十ヶ月ほどの付き合いになるが、貴史のことなど全然気にかけていないようでいて、案外よく見ているものだなと思う。ツンと取り澄ました態度や無遠慮な物言いにときどきムッとさせられるが、とにかく仕事が早くて正確でそつがないため、今や事務所になくてはならない存在だ。ずっとパートで来てもらっていた女性事務員が三月に二人目を出産するそうで、十二月いっぱいで辞めたいとの申し出があった。年が明けてからは当面、千羽と二人になるが、なんとかやっていけそうな感触は得ている。

午前中に入っていた新規の相談は予定通り終わり、お昼は出前ですませた。

午後からは家庭裁判所に行ってこなければいけなかったので、必要な書類が揃っているかどうか確認しながらカバンに詰めていたところに、外食に出ていた千羽が戻ってきた。

「ああ、それ、私が行きますよ。書類を提出してくるだけですよね？」

「そうだけど……頼んでいいの？」

「急ぎの仕事はすべて片づいてますから」

千羽はニコリともせずに言う。

お世辞にも感じがいいとは言い難いが、どうやら千羽なりに貴史の体調を気遣ってくれているのが察せられ、貴史もここは素直に千羽に任せることにした。

「じゃあ、よろしく。ありがとう」

「どういたしまして」

言葉遣いは丁寧だが語調が淡々としすぎているので、いかにもうわべだけという感じがするのだが、千羽の場合は口に出して言う言葉の意味はそのまま受けとめればいいのだと、貴史もだんだんわかってきた。嫌味は嫌味だとはっきりわかるように言うし、イエス・ノーは面食らうほどきっぱりしている。自信家で不遜でプライドが高く、性格のきつい男だが、慣れるとむしろ裏がなくて楽な面もあった。

千羽は元々東原経由で知り合った男だ。東原の素性は当然承知しているはずだが、昨晩の川口組傘下の香西組組長狙撃事件については一言も話題にしない。貴史と東原の関係を知っていれば、普通は何か言ってきそうなものだが、まったく触れようとしないのがいかにも千羽らしい。自分は関係ないし興味もないということだろうが、それでいて貴史の寝不足の原因を察して仕事をよけいに引き受ける心遣いを見せる。根は優しい男なのだと思う。

貴史の代わりに千羽が出掛けたあと、午前中に相談を受けた新しい依頼人から聞き取ったメモを読み返すうち、ついウトウトしてきた。今朝明け方近くまで東原の腹の下で喘がされていた疲れが出たようだ。

「先生、お客様がお見えです」

事務の女性が窓際に据えられた貴史のデスクに来て取り次ぐ声に、不覚にもハッとして体を揺らす。事務の女性にくすっと笑われてしまった。

「どなたですか」

受付カウンターはパーティションの向こう側で、事務所内からは誰が訪ねてきたのか見えなくしてある。来客にはカウンターに設置されたベルを鳴らしてもらうことになっている。

「棗《なつめ》さんとおっしゃる方です」

一瞬誰のことかピンと来なかったが、すぐに博物館で会った男だと思い出す。

まさか本当に訪ねてくるとは思っておらず、不意を衝かれた心地だった。

頰を両手で挟むようにして軽く叩き、ネクタイの結び目を直して応対に出る。

「こんにちは、執行先生」

棗は今日はスーツを着ていた。美術商の営業担当という職業柄か、スーツもビジネスマンがおしなべて身に着けているような地味な感じのものではなく、ファッション性の高い高級そうなものだ。シャツやネクタイのコーディネートにも常人にはまねできないセンスが窺《うかが》える。

「覚えてくださっていたんですね。正直、驚きました」

貴史は意外に思っていることを隠さず率直に言った。

「もちろんです。僕ははじめから本気でしたよ。本気で執行先生ともう一度じっくりお話ししたかったんです」

棗はしっとりと微笑む。三日月のように細くなった目が典雅《てんが》な印象を強める。

「離婚についてのご相談ですよね？」

なんとなくそれ以外のことも含まれているような意味深さを棗の言葉に感じて、貴史は確かめた。博物館で会ったときにもどこか得体の知れないところがあると思ったが、その感触が今はより強まっている。向き合っているだけで肌がひりつくような感じがした。

「そう、離婚の件です」

棗は貴史の目をひたと見据えてきて、おかしそうに口角を上げる。何をそんなに警戒しているのか、とでも言いたげだった。

「お時間、今ありますか？」

ないと答えようかとも思ったが、棗という男をもっと知っておいたほうがいい気がして、話してみることにした。

離婚相談云々《うんぬん》はさておき、この男はどこか得体が知れない。おまけに、博物館で別れ際に銃の話を持ち出した。あれはいささか唐突だった。思わせぶりだった気がしてならない。昨晩の事件でも銃が使われたことが頭を離れず、ひょっとしたらこの男が関与しているのではないかという疑念が湧いた。話をすれば何か見えてくるかもしれない。

貴史は棗を応接室に案内した。

応接室と言っても、ドア付きのパネルパーティションで囲われただけの簡易なものだ。ソファに向かい合って腰掛ける。棗は座り方も様になっていた。

「もしかして、ご迷惑でしたか」

棗はのっけからずばりと聞いてきた。悪びれた様子はなく、貴史を見つめる目には揶揄が浮かんでいる。

「まさか本当に来るとは思わなかったって顔、されてますね。あれは社交辞令だったのに……」

「あの手合いの会話をして実際訪ねてこられる方は十人中一人くらいです」

貴史は棗の言葉を遮って言った。

「なるほど」

すべてを言わずとも棗は貴史の言わんとするところを察し、深く頷いた。

「離婚のお話は冗談ですよね？」

「ええ。嘘です」

棗はしゃらっと言ってのけ、にこっと綺麗に微笑む。

「実を言うと僕も結婚なんてしたことありません。指輪の痕はわざとつけたものです」


「誰かをナンパする口実にするためにですか」

「そうですね。話のきっかけを作るのに役立つんですよ。弁護士さんじゃなくても、話だけでも聞いてください って頼みやすい事柄だし、色っぽい方向に雰囲気を持っていきやすいですしね」

「でも、わざわざ事務所にまで訪ねてくるのは、ちょっと不自然かな」

貴史は棗の顔から視線を逸らさず、やんわりと切り込んだ。

「うーん……そこは察してほしいんですけど。というか、もう察していらっしゃいますよね？」

「つまり、棗さんは僕にナンパ以上の興味がある？」

「ありますね」

穏やかに遣《や》り取りしているようでも、貴史は少しも気が抜けず、ギリギリの駆け引きをしている気分だった。棗のほうは貴史より余裕があるようで、表情も常に柔らかい。貴史はたびたび自分の顔が引き攣っているのを自覚していた。

「どのへんにご興味があるんでしょう。もしかして、博物館でお目にかかる以前から僕をご存知でしたか」

「いいえ」

嘘か本当か棗の語調や態度からはわからない。

「一目見たときから、何か持っている方だなと感じました。見た感じはごくごく普通の方なのに、存在感があって頭に焼きついて離れない。不思議な魅力のある方だなと思って、話しかけずにはいられませんでした」

「僕はまさしくごく普通の社会人ですよ」

「でも、引き寄せる力がある気がするんですよ。大物を」

「……大物、ですか」

それはまたご大層な、と笑って受け流そうとしたが、心臓がバクバクし始めてうまく笑いきれなかった。

「大物と言えば、昨日撃たれましたね。香西組の組長」

棗はさらっと話を変えた。

「とても驚きました」

貴史は内心の動揺を抑えてぎこちなく返す。

「先生は面識があったんじゃないんですか」

「え？　なぜそう思われるんです？」

腑《ふ》に落ちず、貴史は訝しむ。香西とは昨日佳人に同行して病院に行くまで個人的な繋がりはなかった。棗はいったい何をどこまで知っているのか。単なる当てずっぽうでものを言っているようにも思えず、不気味だった。事実を小出しにしながらカマをかけられている気がして、口を開くのに慎重になる。

「以前は白石《しらいし》弘毅《こうき》先生の事務所にお勤めだったんでしょう。プロフィールを拝見しました。白石先生は東雲会の東原辰雄氏をはじめ、大物ヤクザと面識がおありになる。弁護を担当されたこともありますよね。執行先生も一度か二度はその絡みでお会いになったことがあるんじゃないのかなと思ったんですよ」

「ああ……確かに白石先生はそちら方面の方々の弁護もよく引き受けていらっしゃいますね」

棗の言うことにはいちおう筋が通っていた。

「でも、僕が先生の事務所にお世話になっていたのは三年あまりでしたから。それこそ駆け出しのぺーぺーの頃です。香西さんのような大物とお目にかかるような機会はありませんでした」

「まぁそうですよね。そう簡単に会える相手ではないでしょうね」

棗は意外とあっさり退いた。次は東原のことを聞かれるのではないかと身構えていた貴史は、棗がそちらに話を向けなかったことに安堵しながらも、違和感を拭い去れなかった。ただの勘だが、棗が本当に聞きたかったのは東原のことではないかと思えてならない。わざわざ名前まで出しておきながらはぐらかされた気がして、しっくりこなかった。

「棗さんは、刀剣より銃のほうに興味がおありなんですよね」

今度は貴史のほうから切り込んだ。

「あれこそ冗談半分に聞いていただいてよかったんですよ、先生」

「僕には離婚のご相談をされてきたときより本気に感じられたのですが」

「何を言ったら先生の気を引けるか試していたんです。銃ってインパクトが強いでしょう？」

「強いですね。聞き慣れない言葉だし、頭に残りました」

「僕の顔と一緒に、でしょう」

なんとなくそれを肯定するのは躊躇われたが、事実、棗の言うとおりだ。貴史は仕方なく頷いた。やはりこの男は一筋縄ではいかないようだという印象を強くする。

「僕の気を引いても仕方ないですよ。なんだか自惚《うぬぼ》れ屋みたいで、こんな言い方は好きじゃありませんけど」

「恋人、いるんですか？　ああ、ちなみに、あらためて言わせていただきますが、僕は今フリーです。離婚調停中の妻はもちろん、渡航先で知り合った同性の恋人もいません」

「この前おっしゃったことは全部嘘なんですか」

貴史は呆れて苦笑した。悪びれない男だなといっそ感心する。

「だったら僕も正直にお答えしなくてもいい気がしますね」

貴史がにこやかな笑顔を見せて言うと、棗は負けを認めたようにフッと口元を綻ばせ、それでもどこか愉快そうに顎を擡《もた》げて視線を天井に向けた。

＊

執行貴史と話をしたのはせいぜい十五分ほどだったが、予想以上に楽しめた時間だった。

さすがは東原辰雄の情人だ。

見た感じは、まぁ整った顔立ちの男だなという以外、これといって特徴があるわけでもないのだが、話してみると目から鼻に抜けるような頭のよさが感じられ、さらりと皮肉を交える気の強さなど意外な一面も垣間《かいま》見え、会話している間中小気味よかった。

最初は、こんな平々凡々な男がどうやって東原のような大物を捕まえたのかと訝しんだが、二度にわたって話をしてみて納得できた。おとなしそうな顔に似合わぬ大胆さといい、素直で流されやすいかと思いきや強情で頑固なところといい、二重にも三重にも意外性があって興味が尽きない。お勉強ができたであろうことは弁護士という職業からして察しがつくが、貴史の場合、頭の回転そのものが早く、打てば響くような明晰《めいせき》さがある。勘もいいようだ。そのくせ、ときどき妙に初心《うぶ》な反応をして黙り込んだり狼狽《うろた》えたりする様がどうにも可愛い。

正直、ちょっと欲しくなった。

貴史を奪ってやれば東原はきっと冷静ではいられなくなるだろう。いつも泰然自若としている男が鬼のように嫉妬《しっと》するところをぜひ見たいものだ。

昨晩は途中で見失ってしまったが、東雲会の若頭の車で貴史が行った先は、東原のところだったに違いない。

吉岡たちと別れたあと、駐車場から車を取ってきて、病院の正門が見える場所で貴史が出てくるのを待っていた。貴史と一緒にいた男が先に自家用車で出てきたが、運転席には別の男が乗っており、貴史の姿はなかった。そのすぐ後に出てきたタクシーに貴史は乗っており、後を尾けたところ、向かった先は東雲会の若頭の自宅だった。これは間違いないと思って引き続き若頭が運転する車を尾けていたのだが、こっちは無防備なタクシーのようにはいかなかった。いつこちらの尾行に気付かれたのかもわからぬうちに、一瞬の隙を突かれて見失っていた。撒《ま》かれたと悟ったときにはあまりの鮮やかさに唖然《あぜん》とした。舌打ち一つする暇さえなく、いっそ笑いが込み上げた。さすがは東雲会で重責を担う男だ。

まぁいい、と昨晩はそこで諦めてホテルに戻ったが、風呂に浸かりながら、今頃東原はあの弁護士を抱いて存分に泣かせているのだろうと想像すると、久々に血が滾《たぎ》った。

気になる男のことはなんでも知りたくなる。

知れば知るほど、一度も言葉を交わさぬまま狙撃するのが惜しくなる。

次は絶対に失敗できない。吉岡たちとの契約があるからではなく、己のプライドにかけて、二度撃ち損じるわけにはいかない。

残念だが東原とは縁がなかったということだろう。

貴史の事務所が入ったビルを出て、車を駐めた駐車場まで歩く。

途中、横断歩道で信号待ちをしていると、不意に後ろから腰の真ん中あたりに硬いものを押しつけられた。拳銃の銃口だ。こちらもプロなので一瞬で悟る。

「振り返るな」

低く押し殺した声が耳朶を打つ。

横目で素早く左右を確かめると、中肉中背の男二人が背後を塞ぐように立っていた。一人はブルゾン、もう一人はジャケットを着ている。いずれもどこにでもいそうな出《い》で立ちで、周囲から目立つ要素は何一つなさそうだった。

信号が青になると同時に、銃口で歩けと促された。

男二人に隙はない。

逃げたり声を上げて助けを求めたりすれば、躊躇いなく撃つつもりでいることが肌で感じられた。そうした気迫が銃口を通して伝わってくる。

やむなく二人に従って横断歩道を渡ると、渡り切った先に停車していたシルバーグレーのベンツの後部ドアを、銃を持たないほうの男が開けた。

乗れ、とまたもや銃口で突かれる。

後部座席には男が一人乗っていた。

「よお」

気易く声をかけられる。

「棗雅弘、いや、武藤啓吾だな？」

男の顔を見て武藤は「あなたでしたか」と応じ、溜息を一つ洩らした。

「どちらでも呼びやすいほうで呼んでください」

そう言うと、白昼堂々と武藤を拉致した男はニッと不敵に笑った。

背筋を冷たいものが駆け抜ける。

「出せ」

男が運転手に命じた。

先ほどの二人はこの車には乗らなかった。別の車があるのだろう。

シルバーグレーのベンツに乗っているのは、運転手と男、そして武藤の三人だけだった。

＊

棗はお茶を一杯飲むと、「長居してお仕事の邪魔になっても申し訳ないから」と言って、早々にソファを立った。

「実は私も仕事中なんです。サボっているのがバレたら給料減らされます」

貴史は棗をエレベータホールまで見送って、棗が乗り込んだエレベータが一階まで下りたのを確認してから事務所に戻った。

昨晩、東原に教えてもらった新たな携帯電話の番号にかける。

『俺だ。どうした』

東原は2コール目で出た。

「先ほどちょっと気になる来客がありました」

貴史は念のため東原に報告しておいたほうがいいと考え、棗のことを話した。

金曜の午後、博物館で声をかけてきたこと、そして、今日は事務所に来たこと。外見的な特徴も詳細に伝えた。記憶力には自信がある。学生時代に探偵事務所でアルバイトをしていたとき、物の記憶の仕方を習った。それが今もしばしば役に立っている。

「もしかしたら僕が神経質になりすぎているだけかもしれませんけれど、なんとなく引っかかるんです。美術商というのも、本当かどうか怪しいような」

『わかった』

東原は短く返事をしただけで、具体的にどうするとは言わなかった。

もしかすると、すでに棗の正体を知っているのではないか。貴史はふとそんな考えを頭に浮かばせた。あまりにも落ち着き払った対応で、今初めて聞いたとはとても思えない。

冷静そのものといった態度に少し熱っぽさをちらつかせて、東原は貴史に釘を刺してきた。

『その男が次にまた現れても、おまえはよけいなまねはするな。後を尾けたり、探りを入れるつもりで誘われるままどこかについて行ったり、絶対にするんじゃないぞ』

「はい。しません」

しなくていいように、こうして怪しいと感じた時点で東原に連絡したのだ。

そう何度も拉致されるような失態を犯すつもりはなかった。それがどれほど東原に迷惑をかけることになるのか、身をもって知っている。

貴史がきっぱりと返事をしたので、東原もひとまず安心したようだ。

『わかっているならいい』

そしてさらに、ボソッとした声で続ける。

『体、平気か』

珍しくそんな甘い気遣いをしてきた。

「だ、大丈夫……です、よ」

貴史は首まで赤くしながら辿々しく答える。恥ずかしさのあまり、消え入りそうな声しか出なかった。

柄にもないことを聞いた自覚は東原にもあったらしい。

フン、と照れくさいのをごまかすように鼻を鳴らすと、『じゃあな』と言うなり、すぐさま通話を切ってしまった。

いきなりブツッと音が途絶え、呆気にとられる。

こういうところは相変わらず不器用だ。

だが、東原は確実に変わってきている。出会った頃とは比べものにならないほど貴史の傍に来て、寄り添ってくれているのをひしひしと感じる。

貴史も東原の気持ちに応《こた》えられるよう、できる限り自分を磨き続けていきたい、いかなければと思った。

＊

事務所に棗がふらりと訪れた日の夜、佳人から電話があった。

開口一番に、『朗報がありました』と言う。

それだけで貴史にも、香西が峠を越して容態が安定してきたのだと察せられた。

『まだ意識は戻らないそうなんですが、とりあえず危険な状態は脱したそうです』

「よかったですね。僕もそれを聞いてホッとしました」

おそらく東原も喜んでいることだろう。

なにはさておき香西の病状をまず知らせ、その後、佳人はあらたまって貴史に礼を言う。

『昨日は本当にありがとうございました。お見舞いに行ってよかったです。香西さんと言葉を交わせたわけではなかったけど、じっと顔を見ている間にいろいろなことを思い出しました』

なにかしら吹っ切れたような清々しさを感じさせる声で、胸の内を明かす。

『おれ、香西さんと向き合うのが怖かったんですよね。香西さんの気持ち、薄々わかっていたけれど、おれにはどうしても応えられなくて、最後は裏切るようなまねをして……。貴史さんには衝撃が強すぎると思うから、どこまで話していいのか迷うんですけど、裏切ったとき受けた折檻《せっかん》で、ああきっと死んじゃうなって覚悟していたんです。でも、おれは相当運が強かったみたいで、そのとき遥さんと会ったんですよ。会ったというか、見られたというか。おれ自身は周囲のことなんかわかる状態じゃなかったから、遥さんがあの場にいたこともうっすらとしか知覚していなかったんですけど。そこにまた、香西さんより格上の東原さんまで居合わせたから、おれは香西さんから遥さんに譲り渡されることになったんです』

「そうだったんですか」

貴史は佳人の口から初めて遥と一緒に暮らすようになった経緯を聞き、想像以上の苛烈《かれつ》さに少なからずショックを受けた。確かにこれは衝撃的だ。昨日もちらりと、香西との関係について聞いてはいたが、そこまで荒っぽい目に遭わされていたとは思わなかった。

『遥さんとも最初はぎくしゃくしていて、すごく辛かったんですよ。何をしても言っても無言で睨まれるばかりで、何を考えているのか全然わかりませんでした。好かれているなんて微塵《みじん》も感じなかったな。今こんなに幸せでいるのが奇跡みたいです』

「僕が佳人さんたちと会ったときには、お二人はもう相思相愛にしか見えませんでしたけど」

貴史はあてられて目のやり場に困ったことを思い出す。

『ああ、でも、あの事件からですね……遥さんとの距離がぐっと近づいたのは』

「佳人さんはいつ頃から遥さんのことが好きだったんですか」

この際だったので聞いてみたくて、貴史は佳人に質問した。

『おれは……えー……ひょっとしたら一目惚れかもです』

電話の向こうで照れる佳人が見えるようだ。微笑ましさに貴史は目を細めた。

「遥さん、素敵な方ですもんね。冷たそうに見えて実はすごく情熱的な感じがします。案外、遥さんのほうも一目惚れしたんじゃないですか、佳人さんに」

『いや、それはないと思いますよ』

佳人は否定するが、遥の佳人に対する愛情深さは相当なものだ。第一、少しでも好きだと感じなければ、ヤクザの親分の許にいた男を引き取ろうなどとは考えないだろう。

『さっきの続きなんですけど……』

佳人が話を戻す。

『香西さんに会うのが怖かったのは、たぶんおれの中にある罪悪感のせいなんですよね』

「罪悪感、というと?」

『おれが遥さんのところに行ってから、香西さんは誰とも長続きしなかった、今も一人だと正宗さんから聞いて、自分だけ幸せになってるようで、なんか申し訳なくなったんです。奥さんと娘さんとはおれがお世話になっていた頃から別居されてて、ほとんど会ってなかったみたいだし。おれ、それまでいろいろお世話になってきて、恩義を感じなきゃいけないこといっぱいあるのに、結局何も返せてないなと思って。その上、もしこのまま香西さんが目を覚まさなかったら、おれはどうしたらいいんだろうと怖くなったんです。だから、香西さんが意識不明で病院のベッドに寝ているところを見る勇気がなかなか出なかったんです』

「ああ……。佳人さんの気持ちはわかります。わかるけど、恋愛に関して罪悪感を感じる必要はないと思うんですよ。佳人さんが香西さんに恋愛感情を抱けなかったのは、仕方がないことです。香西さんもそれはわかっていると思います。佳人さんの気持ちは佳人さんのものですよ」

『……貴史さんにそう言ってもらえると、気持ちがぐっと楽になります』

「僕がぐだぐだしていたときは、佳人さんが僕を勇気づけてくれたんですよ。おあいこです」

貴史がそう言うと、佳人はクスッと控えめに笑った。何か思い出しておかしくなったようだ。

『東原さんも恋人として付き合うにはなかなかハードな物件ですよねぇ』

「そうですよ、まったく。今はだいぶ普通の付き合いができるようになりましたけど」

『あ、そうだ。東原さんとは連絡取れましたか?』

「ええ。おかげさまで。本人は今のところ無事なんですが、やっぱり狙われたのは自分だと断言していました。念のため二、三日は表に出ないようなこと言っていましたが、あの人がそうそうおとなしくしているかどうか」

『貴史さんも気をつけてくださいね』

佳人は東原より貴史の身に危険が及ぶことのほうが心配なようだった。

『夜道を歩くときは特に油断しちゃだめですよ』

「はい」

どっちが年上かわからないくらい細やかに注意されてから、「おやすみなさい」と言い合って電話を切った。

昨晩のうちに東原の無事を確認し、今また香西が危険な状態を脱したことを知り、貴史はさしあたっての不安や心配からは解放された。

とはいえ、問題はまだ何も解決しておらず、いつまた東原が狙われるかしれない。一刻も早く警察に首謀者を捕まえてほしいが、果たしてどこまで捜査が進んでいるのか、心許なさを感じる。できることがあればなんでもするのだが、貴史自身はほぼカヤの外だ。このタイミングで貴史の前に一度ならず二度も現れ、唯一怪しいと感じた棗のことは、すでに東原に伝えてある。焦《じ》れったいが、座して成り行きを見守るほかなさそうだった。

翌日も翌々日も何事もなく終わった。

翌々日の午後には、香西が三日ぶりに目を覚ましたとの連絡が佳人からメールで来た。意識もしっかりしているらしい。もう一度見舞いに行くんですか、と聞いたら、それはやめておきます、と熟考を重ねた末だというのが察せられる落ち着いた文面の返事が来た。貴史もそれでいいと思

う と返信した。

東原のほうからは何も言ってこないので、その後、吉鷹組や成田組の元構成員たちが現在どうしているか調べはついたのかも不明だし、棗雅弘と名乗る人物は本当にただの美術商なのかどうかもわからないままだ。おそらく、判明したとしても、貴史にいちいち教えるつもりはないのだろう。せめて棗に関しては、この先も接触してくる可能性がなきにしもあらずなので、どういう男かわかったなら教えておいてほしいと思うが、何も連絡してこないということは、そんな可能性はもうないということなのか。もしくは、あったとしても今回の事件とは無関係だから気にしなくていいということなのか。今ひとつすっきりしなくてモヤモヤする。

木曜日は朝から一日事務所に詰めっぱなしで、お昼も外に出なかった。女性事務員が昼前に郵便局に出掛けるついでに、コンビニエンスストアに寄るので何かあればと聞かれ、お弁当を買ってきてもらった。

定時に千羽と女性事務員が仕事を切り上げて帰ったあと、貴史は二時間ほど残業をして、午後八時に事務所を閉めて表に出た。

夕方から降りだした雨がしとしとと夜の街を濡らしている。

貴史はビニール傘を差して駅への道を歩き始めた。

事務所の入ったビルは車通りの多い大きな通りに面して立っているが、貴史はいつもそちらには出ないで一本奥まった一方通行の道を通る。距離的にはそれほど変わらないのだが、静かで歩きやすいため、こちらのほうが好きだった。一方通行の道とはいえ、どこを見てもビルばかりで、街灯も所々点いており、女性が一人で歩いたとしても危険を感じるような場所ではない。なにより貴史にとっては通い慣れた道だった。

車ももちろんときどき通るので、前方からヘッドライトが見えても、違和感はまったく感じなかった。

ハッ、としたのは、その車が不自然にハンドルを切り、貴史のほうに突っ込んでくるような動きを見せたときだった。

撥《は》ねられる、と思った瞬間、冷や水を浴びせられた心地がした。

避けなくてはいけないとわかっているのに、体が固まってしまって動かせない。

喉が詰まったようになって声を上げることもできず、その場に棒立ちになって車が迫ってくるのを凝視する。頭の中は真っ白で、この瞬間すべてが消し飛んでいた。

ヘッドライトに真っ向から照らされて何も見えない。車との距離感ももうわからなかった。

だめだ、と恐怖に目を閉じる。それでもなお、傘は握ったままだった。

そのとき、間近で、パーン！　ととてつもなく派手な破裂音がした。

一瞬、自分が撃たれたのかと思った。香西の狙撃事件が起きたばかりだったため、まずその考えが浮かんだようだ。

キキキキ、と慌ててブレーキを踏む音が聞こえた。

さらに次の瞬間、今度はドーン！　と重量のあるもの同士がぶつかる音。ガラスが割れて地面に叩きつけられる音。グシャリと金属がひしゃげる音。

なんだ、なんだ、と周囲から人が駆けつけてきた。

茫然として立ち尽くす貴史の数メートル先で、暴走車がすでに明かりの落ちたオフィスビルのエントランスに突っ込んで大破している。

「あなた、大丈夫？」

勤め帰りと思しき中年の女性に腕を取られて軽く揺さぶられる。

「あ、あ……はい。僕は、大丈夫です」

貴史はまだ轢《ひ》かれかけた衝撃から立ち直りきれないまま、途切れ途切れに答えた。

「よかったなぁ、あんた。巻き込まれなくて！」

「うわ、なにこれ」

「おいっ、中に人がいるぞ！　二人だ！　一人は意識がないみたいだ」

「助手席にいるほうは足を挟まれて動けないらしい」

「救急車！　救急車っ！　誰か呼んだか？」

どんどん人が集まってきて、周囲が騒がしくなってきた。

「あなた、こっちに座ってなさい。すぐに救急車が来るから」

最初に声をかけてきた女性が、貴史を雨のかからない場所に連れていってくれた。

マンションのエントランスに上がる階段に腰を下ろす。トレンチコートを着た自分の体をあちこち触って確かめる。怪我一つ負わずに難を逃れたことが、まだ少し信じ難かった。

「どうやらパンクだったみたいだな。直前にすげー音してた」

誰かがしたり顔で喋っているのが聞こえる。

「それでハンドル操作を誤ったのかぁ」

「たぶんな。あの人、マジ運がよかったよな」

あの人、と貴史のほうをチラッと見て言う。

パンクだったのか……。確かに激突する直前、それらしき破裂音がしていた。けれど、貴史は腑に落ちなかった。あの車は間違いなく貴史を轢くつもりだったのだ。オフィスビルに突っ込んだのは突然タイヤがパンクしたせいでハンドルを取られたからだろうが、そんな偶然が起きるだろうか。

狙撃、という言葉がまたしても脳裡を過《よぎ》る。

誰かがあの車のタイヤを撃って、貴史を救ってくれたのではないかという考えが浮かんだ。

東原だろうか。あり得ない話ではなかったが、それもなんとなくしっくりこない。部下に貴史を見張らせ、陰ながら警護させることは前にもあったようだが、危機を察知するやいなやタイヤを撃って進路を変えさせるような機転を働かせるボディガードがいるだろうか。どのタイヤを撃てばいいかもあるだろうし、街灯もまばらな夜道で、しかも雨が降っており、視界はよくなかったはずだ。銃声など聞こえなかったので、撃ったとしたらサイレンサーを付けていたことになる。プロの狙撃手がやったことだとしか考えられない。だとすれば、なぜ、何の目的で貴史を助けてくれたのか。

わからないことだらけで、全然すっきりしなかった。

救急車とパトカーがほぼ同時に到着した。

規制線が張られ、野次馬は外に追い出される。

フロント部分が無残に潰れた車の中から、男性が二人、消防の手で救出された。一人は腰から下に重傷を負っているようだ。痛い、痛い、とヒステリックに喚《わめ》いている。もう一人のほうは意識がなく、ぐったりしたまま動かない。二人とも担架で救急車に運ばれ、すぐに搬送された。

貴史の許にも警察官がやって来た。

「事故を目撃された方ですね？　お怪我がないようでしたら、このままちょっと事情聴取にご協力いただけないでしょうか」

貴史は「はい」と承諾し、雨の中、現場に立って事故が起きたときの状況を話した。

見たままを可能な限り正確に話したが、車が貴史に向かって走ってきたことは言わなかった。言えば簡単に解放してもらえなくなるだろうし、東原の名前を出さなくては説明しきれなくなるのが目に見えていた。貴史が狙われる理由は、東原絡み以外には考えられないからだ。

おかげで一時間ほどで「とりあえず今夜のところはこれで結構です」と協力を感謝されて終わ

った。後日また連絡するかもしれないとのことで、名前と住所を控えられた。

事故車はまだ現場に残されたままだったが、野次馬はほぼいなくなっていた。

タイヤを撃ったとしたらどこから狙ったのだろうと周囲を見渡したが、銃を持った経験すらない貴史にはさっぱり見当がつかなかった。

ふと気がついたのは、もし狙撃手がこの場にいたとするなら、それは貴史が見張られていたということだ。走ってくる車を待ち伏せていたとは思えない。もしくは、誰かがここで貴史を轢くつもりでいることを知っていた人間ということになる。

ますます状況が呑み込めなくなって、貴史は考えるのをいったんやめた。

遅くとも明日の朝までには運転していた男の身元もわかるだろう。

とりあえず貴史は東原に、事故に巻き込まれかけたが無事だと知らせておこうと思った。

新しく聞いた電話番号にかけてみたが、タイミングが悪くて話し中だ。

さっそくこのことで誰かと話しているのかもしれない。耳の早い東原なら、もうこの事故の第一報は受けている気がする。現場が貴史の事務所のすぐ傍なので、ただの事故ではないと勘づいた可能性は高い。

電話の代わりに『無事です』と一言メッセージを送っておいた。

必要があれば向こうから連絡してくるだろう。

その後、貴史はいつものとおり電車に乗って自宅に帰った。

帰宅するまでの間も、してからも、特に変わったことはもう起きなかった。

＊

テレビの最速ニュースのコーナーで、本日午後八時頃、阿佐ヶ谷《あさがや》駅付近のビルが立ち並ぶ一角で自損事故があった、とアナウンサーが読み上げるのを聞いた吉岡は、嫌な予感に駆られた。それまで流し見していたテレビ画面を注視する。

事故を起こしたのは都内に住む四十五歳と三十八歳の男性で、いずれも元暴力団組員だと報じられた。

「あのっ馬鹿がっ！」

吉岡は思わず唸《うな》り声を上げていた。腹立たしさのあまり、手にしていた週刊誌をローテーブルに叩きつけ、湯吞みをひっくり返してしまう。

コンコンコン、とドアをノックする音がして、

「どうしたんです？」

と武藤の声が聞こえてきた。

激昂《げっこう》してしまい、廊下にまで洩れるほど大きな音を立ててしまったらしい。

ドアを開けて武藤を部屋に入れる。

武藤は黒いトレンチコートを着て、手に雨傘を持っていた。今日は情報屋と会うと言っていたから、その帰りにここに寄ったようだ。

吉岡が日本滞在中の逗留先《とうりゅうさき》にしているウィークリーマンションは、お世辞にも高級な施設とは言い難い。武藤が一目建物を見るなり眉を顰め、「僕はどこかホテルに部屋を取ります」と言い出したのもむべなるかなだ。竹林に任せておくと一事が万事こんなふうだ。元々あまり気が合ってはいなかった。目的達成のために、その場限りの協力体制を敷いただけだ。実のところ、相手がどんな人間なのかすらよくは知らない。腹の中で何を考えているかもだ。

そんな男と手を組んで、川口組の若頭に報復しようなど、冷静になって考えれば最初から無理のある計画だったかもしれない。竹林の大雑把《おおざっぱ》さ、直情的に突っ走りたがる軽率さにはほとほとうんざりだ。血の気が多くて何かというと腕尽くで解決しようとするところも相容《あいい》れない。

竹林はときどき勘違いしているようだが、吉岡はヤクザの組長の息子だったというだけで、自分自身ヤクザだったことはないのだ。どうもそのへんを理解してくれていないようで閉口する。しかし、今さらそうした不満ばかり挙げ連ねても仕方がなかった。

「これだ。竹林が勝手なまねをしてしくじりやがった」

引き続き事故に関する報道をしているテレビに向かって顎をしゃくり、憤懣《ふんまん》を露《あらわ》にする。

「おやおや」

武藤はさして驚いた顔もせず、最初から竹林には何も期待していなかったと言わんばかりに肩を竦める。

「せめて、こちらの足を引っ張るような邪魔だけはしないでほしいと、あれほどお願いしていたのですがね。彼には僕やあなたの日本語は通じていなかったのかな」

淡々とした口調で痛烈な嫌味を言う。感情が込められていない分、かえって冷ややかに聞こえる。静かな怒りを胸中に渦巻《うずま》かせているのが察せられ、吉岡はまずいなと内心舌打ちした。

「とにかく、これでもうあいつは消えたな。両脚の骨を折る重傷で救急搬送されたらしい。警察も慎重に事情を聴取するだろう。まったく！　よけいなことをしやがって」

「彼が僕のやり方に苛ついていたのは知っていましたけどね」

武藤はわざとらしく溜息をつき、眉間に薄く皺《しわ》を寄せて不愉快そうにする。

「なかなか動かない僕に焦れて、こうなったら自分でカタをつけてやると息巻いてましたから、子分を鉄砲玉にして闇雲《やみくも》にターゲットを撃たせるつもりかと危惧していましたが、まさか弁護士のほうを狙うとは思いませんでしたよ」

「今までもそういうやり方をしてきたんだろう。おおかた、イロを人質に取って東原を呼び出すつもりだったんじゃないか。挙げ句、タイヤがパンクしてハンドル操作を誤り、ビルの壁に激突して警察沙汰とは、開いた口が塞がらないぜ。醜態《しゅうたい》もいいところだ」

「無関係な人間には手を出さないでくれと、言っておいたはずなんですがねぇ」

「まぁ、待てよ」

吉岡は慌てて武藤を宥めにかかった。

ここで武藤に、契約違反を盾に退かれては元も子もない。竹林の馬鹿のせいで、時間をかけて準備してきた計画を台無しにするなど、冗談ではなかった。

「ちょっと座らないか。お茶でもどうだ」

「結構です」

武藤はトレンチコートを脱ぐ気もなさそうだ。今にも踵《きびす》を返して部屋から出ていくのではないかと、吉岡はヒヤヒヤした。

「なぁ、あんたのほうは今日はどうだったんだ。何か耳寄りな情報はあったのか」

武藤の顔色を窺いながら聞く。

吉岡が下手に出たのが功《こう》を奏《そう》したのか、武藤は少し機嫌を直したようだった。

「ありましたよ」

さらっと言うので、さほど役に立つ情報ではなかったのかと思いきや、武藤は取り澄ました顔で続けた。

「明後日の土曜日、ターゲットは歌舞伎町《かぶきちょう》に新しく建った複合商業施設ビルの落成記念式典に出席することになっているようです」

「なんだって?」

「必ず現れるでしょう。またとない機会です。ビル建設にかかわったみたいですね。登記簿によると土地の所有者はどこかの会社でしたが、実際は東雲会のものらしいです」

「しかし、そんな大それた場で狙えるのか。警備も厳重だろう」

「厳重でしょうけれど、狙撃場所の目処《めど》はついています。式典の最中はおとなしく椅子に座っていてくれるわけですから、むしろ歩いているターゲットを狙うより確実です」

「警備計画とか、どっちに祭壇を作るとかの式典会場の配置図なんかが必要だな」

「ああ、それももう入手済みです。今日のうちに現場も確認してきました」

さすが抜かりはないようだ。

「すげぇな」

沈んでいた気分が一気に浮上する。己の顔が喜色満面《きしょくまんめん》になっているのを、頬肉の緩み具合で自覚する。

「今日一日でそこまで進めていたのか。竹林のやつももう少し我慢してりゃよかったのによ」

「あの不愉快な男の話はもう聞きたくありません」

武藤は冷ややかに突っぱねる。もはや仲間とも思っていないようだ。

「あんたが決行したのを見届けたら、すぐに残りの金を振り込んでやる」

「それで結構ですよ」

ここに来てようやく東原を襲撃する計画が具体化し、現実味を帯びてきた。

「俺はその足で空港に行く」

「仕事が終われば赤の他人同士です。以降はお互いかかわらないということで」

「こっちとしても、それが願ったりだ」

どうやら明後日には決着がつきそうな見通しが立った。

トレンチコートを着たままで椅子に座ろうともしない武藤と立ち話しながら、この風変わりな男ともそれまでの付き合いだと、どこかホッとする気持ちになる。感情の起伏を表に出さない一見穏やかな男だが、何を考えているのか摑めず、怒らせると厄介そうな気もして、とにかく扱いづらい。さっさと縁を切りたいのが本音だった。

点けっぱなしのテレビから、阿佐ヶ谷の自損事故に関して、司会の男がゲストコメンテーターに「運転していた男性に持病がなかったかどうか、ぜひとも調べていただきたいですね」などとしたり顔で言うのが聞こえてくる。運転していたのは竹林ではなく、子分のほうだったようだ。

「あの男、運転上手かったんだがな」

竹林が成田《なりた》まで吉岡を迎えにきた際、車を運転していた男が今回の事故を起こした運転手に間違いなく、吉岡はちょっと腑に落ちなかった。

「雨も降っていましたし、人一人殺さない程度に轢こうっていうんだから、緊張してたんじゃないですか」

さして興味なさそうに武藤は言う。

そんな肝の小さい男には見えなかったのだが、実際事故は起きた。勝手な行動に出た竹林に同情する気にもなれず、吉岡は自業自得だと思ってさっさと忘れることにした。

「それでは、僕はこれで。また連絡します」

「おう。明後日、あんたのショーを楽しみにしているからな」

「ショーだなんて人聞きの悪い」

武藤は嫌そうな口振りのわりに、目はまんざらでもなさそうに生き生きとさせていた。

こいつは本当に狙撃が好きなんだなと感じて寒気がした。

濡れた傘を手に部屋から出ていく武藤の後ろ姿を見送り、閉めたドアにストッパーを掛ける。

あと二日の辛抱だ。

心臓を撃ち抜かれて式典会場の椅子から転げ落ちる東原辰雄の姿が、吉岡の頭の中に浮かぶ。

想像しただけで興奮してきた。口元が緩み、鼻息が荒くなる。

二十年越しの復讐だ。これで父親も母親も少しは浮かばれるだろう。

考えているうちに飲まずにはいられなくなり、バーボンをストレートで呷《あお》った。

濡れた唇を手の甲で拭う。

＊

それから吉岡はおもむろにパソコンを起ち上げ、明後日のロス行きの便に予約を入れた。

ヘリンボーン模様に木目を交差させた寄木《よせぎ》張りの床がクラシカルな旅館のロビーラウンジで、東原はどっかりと椅子に座り、大きく取られた窓から夜の庭園を眺めていた。

十時を過ぎても雨は降り続いている。

銀の糸が、屋内から洩れる明かりを受けてときおりちらりと光るのを、見るともなしに見ていると、窓ガラスにこちらに向かって歩いてくる男の姿が薄く映り込んできた。

東原は振り向かずに窓ガラスに映った男と視線を合わせる。

眼鏡の奥から静謐《せいひつ》な眼差しが東原を見つめ返してくる。

腕にきちんと畳んだトレンチコートを掛けて持ち、一分の隙もなくかっちりとスーツを着たエリート官僚の同窓生は、東原と背中合わせになるように椅子に腰掛けた。東原はといえば宿の浴衣に半纏《はんてん》といった出で立ちで、足下は草履《ぞうり》だ。挨拶を交わすどころか、直接顔を合わせもしない二人は、傍目《はため》には見ず知らずの客同士にしか見えないだろう。

ラウンジには外国人客が一組、顔を寄せ合ってガイドブックを見ながら楽しげに話しているだけで、こちらを気にしていそうな者は誰もいなかった。

「恋人は無事だったようだな」

樺島《かばしま》は前置きもなしにいきなり本題に入った。

「ああ。事故の後すぐメールが来た。怪我もなかったようだ」

東原も低めた声で簡潔に話す。

「自損事故程度の事件でも、おまえのところにまで報告が行くのか」

「事故を起こしたのが元成田組の幹部だからな」

それに、と樺島は含みのある声音で続ける。

「どうやらただの事故じゃなかったようだ」

「ほう」

東原は眉を上げ、興味深げに相槌を打つ。

「パンクが原因でハンドル操作を誤った結果、壁に激突したというのは報道されているとおりだが、そのパンク、タイヤを狙撃された疑いがある」

「また狙撃か」

「知らなかったような口振りだな」

樺島は東原が白々しく受け流そうとするのを許さず、皮肉たっぷりに突っ込んでくる。

「その可能性もある、とは思っていた」

仕方なく東原は言い直した。

相変わらずこいつ容赦ねぇなと、樺島の炯眼《けいがん》に感服すると同時に小憎らしくなり、背中を向けているのをいいことに酸っぱいものを口に入れたときのような渋面になる。

「あいつが轢かれそうになった寸前に、とは、偶然にしちゃできすぎているからな」

「恋人、ちゃんと警護してやってるのか」

「いちおうな」

明らかに東原が狙われているとわかった以上、貴史にも手出ししてくるかもしれないと当然警戒していた。東原に報復しようとしている連中ならば、東原の周辺を徹底的に洗っただろう。成田組の残党が吉岡と行動を共にしていることは、すでに調べがついている。吉岡を焚《た》きつけ、実際に行動を起こすまで約二年――準備にこれだけ時間をかけているのだから、貴史のことも知られていると考えるべきだった。

「事故の第一報は、あいつに付けていた子分から受けた」

「おまえの子分もさぞかし肝《きも》を冷やしたろうな。おまえを炙《あぶ》り出すための脅しにしても、車で轢こうとするとは荒っぽい」

「竹林鉄也《てつや》ってのは、昔っから、なんでも力尽くで解決しようとする強硬派だったらしい。成田《なりた》にも一目置かれていて、ゆくゆくは成田組で重職に就くだろうと本人も周りも目していたみたいだから、それを元も子もなくしちまった俺を相当恨んでいたようだ」

「しかし、撃ったのがおまえの手の者じゃないなら、誰なんだ?」

樺島の声音には納得していない響きが出ていた。

「俺が知るか」

東原はそっけなく躱《かわ》す。

「それを調べるのがおまえたちの仕事だろう」

「むろん、そうだ」

楽をしようと思ってわざわざここまで足を運んだわけではない、と樺島は心外そうにする。

「詳しい話はこれから竹林をじっくり取り調べすればわかるだろう。おまえの恋人にも、轢かれそうになったと証言してもらうかもしれない。単なる自損事故か、殺人未遂かの重要な分かれ目だ。今のところは事故の目撃者としてしか話をしていないようだが」

「それはできれば遠慮してくれ」

東原は打って変わって態度を改め、神妙に頼んだ。

「なぜだ。おまえだって竹林が捕まったほうがいいだろう。でないと、怪我が治ったらまた、おまえも、恋人も、標的にするかもしれないぞ」

「あの怪我では向こう一ヶ月は通常の生活にも苦労しそうだから、その心配はしていない」

「それまでに別件で逮捕させるつもりか」

「ああ。いずれ竹林も吉岡も警察に渡してやる。そう先の話じゃない。たぶんな」

東原が自信たっぷりに言い切ると、樺島は少しの間黙り込んだ。その間に目まぐるしく頭を働かせ、あれこれ計算したのだろう。

やがてフッと諦念《ていねん》に満ちた溜息を洩らし、「おまえがそう言うのなら待とう」と折れた。

「何を企《たくら》んでいるのか知らんが……おまえの気持ちはわからなくもない。彼は弁護士だからな。おまえとの関係を世間に知られたら、仕事がやりにくくなるのは目に見えている。それを慮ってるんだろう」

「ふん。まぁ、そういうことだ」

東原は精一杯正直になって認めた。

突っ張っていた学生時代から東原のことを知っている樺島に、年下の恋人に惚れて真剣になっている自分を晒《さら》すのはいささか気恥ずかしいが、今さら取り繕って無関心を装い、見栄を張っても無意味だ。往生際《おうじょうぎわ》が悪いとかえって嗤《わら》われるだけに違いない。

「あいつ自身はそんなこと気にしないのかもしれねぇが、足を引っ張りたくはない。こいつは俺のプライバシーだからな。できるだけ守ってやりたい」

貴史自身にも言ったことのない本音がポロッと出る。遥にも、香西にもここまで吐露《とろ》したことはない。住む世界がまったく違う、昔馴染みの、死んだ兄の元恋人という奇縁のある男だからこそ聞かせられる話だ。今はこうして頻繁に連絡し合っているが、今回の事件が一段落すれば、また電話すらめったにしない関係に戻るであろうことがわかっているだけに、こうしたことも話しておく機会があってよかった気がする。

「わかった。おまえの意を汲《く》んで彼の存在は事件とは無関係で通すよう指示する」

樺島にきっぱりと請け合われ、東原は胸の内で感謝した。

タイヤを狙撃されたとわかった時点で、これがただの事故でないことはすでに明らかになっている。数日前には香西組組長が撃たれ、今度はあやうく元成田組の構成員が狙われた、という線で捜査を進めさせるつもりだろう。世間では早くも、狙われた川口組系幹部、という煽りと共に事件がクローズアップされている。そこにはまだ東原の名前はいっさい出ていない。樺島が押さえてくれているからだ。

「まだ日本にいるはずの武藤の逮捕も急務だ。香西の狙撃事件にかかわっている疑いが濃厚だからな」

「タイヤを撃ったのも武藤だと考えているのか」

「わからん。それはこれからだ」

樺島は武藤の件では少なからず焦りや苛立ちを感じているようだ。逮捕できる千載一遇《せんざいいちぐう》のチャンスを逃したくないのだろう。

「竹林と吉岡がつるんでいることは確認が取れた。吉岡が成田に到着した日、竹林の車が空港から東京方面に向かうのがNシステムで撮影されていた。運転していたのは今日も竹林と一緒だった男だ。その車の足跡を追ったところ、途中にあるファミレスで休憩していたことがわかり、その従業員に客の人相を確認させた」

「俺のほうでも二人が結託している裏は取れている」

「武藤を雇ったのは竹林と吉岡に違いないんだが、武藤だけはなかなか尻尾を摑ませない。厄介な男だ。Nシステムの避け方や欺《あざむ》き方なんかも心得てそうだからな」

「俺もまだ死にたくない。そんな危険な男はさっさと逮捕してくれ」

「ああ。俺もおまえの亡骸《なきがら》はまだ見たくない」

一拍置いて樺島はボソッと続けた。

「くれぐれも気をつけろよ」

そして、来たとき同様、挨拶も何もなしに椅子を立って東原の傍を離れた。

東原はラウンジを出ていく樺島に一瞥もくれず、再び夜の日本庭園に目を向ける。

雨はいつの間にか止んでいた。

東原は軽く眉を上げると、ローテーブルに置いていたスマートフォンを手に取った。

二時間ほど前に貴史から来たメールを開き、メニューキーの返信をタップする。

『無事です』

一言だけのそっけないメールに、東原は珍しく長文の返事を打った。

いつも短くしか打たないので、受け取ったとき貴史はさぞかし驚くだろう。

柄でもないことをしていると自分でも思うが、今回ばかりは前もってきっちり伝えておきたいことがあった。

5

昭和初期に営業を始めたキャバレーや映画館、老朽化した劇場などがあった一角が再開発されて、地上十五階、地下二階の複合商業施設ビルが歌舞伎町に建った。

その落成を記念する式典が、グランドオープン前日の土曜日にビルのファサードを望む広場で開催されることになっており、会場となるスペースには折りたたみ椅子が並べられたり、ステージが設けられたりして準備が進められていた。

式典が始まるのは午前十一時からで、来賓には都知事を筆頭に錚錚《そうそう》たる顔ぶれが予定されている。そこに東原辰雄も出席するという。

東原が出席するかどうかは極秘で、関係者すら前もって知っているのはごく一部らしい。わかっていれば最初からこの一度に狙いを絞って無理はしなかったのだが、竹林の調べには引っかかってこなかったようだ。組が解散して組織力を失った竹林をあてにしすぎた吉岡の甘さが招いた失態だ。武藤が独自の情報源を持っていて幸いだった。

これが実質最後のチャンスになるだろう。日本に来てすでに十日以上になる。吉岡もそうそう長くは会社をほったらかしにしておけない。今日中にカタをつけて、武藤の仕事を見届けたなら、即刻出国する。

「いい天気になりましたね」

整然と並んだ椅子にボツボツ来賓が座り始めた様を近くのビルの屋上から見下ろしつつ、武藤は気持ちよさそうな表情で言う。すこぶる機嫌がいいようだ。

八階建てのビルの屋上に立っていると、ときどき冷えた風が吹きつけてくるが、武藤にとってはこの程度は寒くもなんとも感じないらしい。今日はベージュのトレンチコートを着ており、長い髪は後ろで一括《ひとくく》りにしている。手には黒い革の手袋を嵌《は》めていた。顔だけ見れば女性と間違いそうなほどの綺麗さだが、傍らに置かれたキャリングケースに収まっているのはハンティングライフルだ。

吉岡は寒気と怖気を同時に感じ、ブルッと微《かす》かに身を震わせた。

「寒いですか」

チラッとこちらを流し見て、武藤がからかうように聞いてくる。

「べつに無理してここにいる必要はないと思いますけれど」

「いや。俺も見届けさせてもらう」

気が散るからどこかへ行けと言われる前に吉岡は断固として主張した。

正直、吉岡は武藤を完全には信用していない。ポリシーだかなんだか知らないが常に自分本位な上に秘密主義で、どこで何をしていたのか、その情報はどこから手に入れたのか等、謎が多い。

最初の誤射は不可抗力だとしても、病院までわざわざよけいなことはするなと釘を刺しに来たり、すぐに次の手に出ないで情報収集の名目で三日も待たせて焦れさせたり、依頼主であるこちらまで翻弄されっぱなしだ。

「僕が信用できないんですか」

武藤がおかしそうに聞いてくる。

図星を指されて体を硬くしながらも、吉岡は譲らなかった。

「そういうわけじゃないが、元々俺は東原が撃たれるところを見られるものなら見たいと思ってわざわざ日本に来たんだ。結果だけ知ればよかったのなら、こっちでのあれこれは竹林に任せて俺は向こうで待ってりゃよかった。他に日本に帰ってきたい理由があったわけでもないからな」

「確かにおっしゃるとおりです」

納得したのかどうかはわからないが、とりあえず武藤は吉岡が狙撃を見届けることに反対はしなかった。

「あんたの邪魔はしないから安心しろ」

駄目押ししておく。吉岡はフッと不敵に笑って頷いた。吉岡一人いようといまいと結果は何も変わらないとでも言いたげだ。

「べつにいいですけど、決して手袋は外さないでくださいね。髪の毛一本落とさないよう、くれぐれも注意してください」

「ああ。わかっている」

武藤は落ち着き払っている。気負ってもいなければ緊張もしておらず、いつもと全く変わらない。平常心を保っているのがわかる。これから人を撃ち殺そうというときに、何の感慨も持たずに淡々としていられるというのは、常人には考えられない神経だ。きっと引き金を引くときも無心なのだろう。

「そろそろお偉方も席に着き始めましたね」

時計を確かめると、式典開始五分前だった。

最前列が貴賓席《きひんせき》になっており、胸にリボンを付けた男女が十名ほど席に着く。

東原の姿もあった。

三つ揃いを着こなし、堂々とした様子で会場内に入ってきて、端から二番目の椅子に座る。

吉岡は東原の一挙手一投足《いっきょしゅいっとうそく》を食い入るように凝視した。

こいつが二十年前、たかだか二十一、二の若さで、矢矧会《やはぎかい》系で中堅を張っていた吉鷹組を潰した男かと思うと、憎悪と畏怖《いふ》を同時に感じる。

前回は暗かったし、騒ぎに乗じてあっという間に逃げられたため、本人の顔をはっきりと見るのは初めてだ。遠目にも、背筋がゾクリとして全身にトリハダが立つような大物ぶりが、悠然と構えた態度や油断のない鋭い目つきから感じられ、思わず息を詰めた。

傍らでは武藤がキャリングケースを開いてライフルを組み立てだしていた。流れるような手つきであっという間に完成する。目を瞑《つむ》っていてもできるであろうことが察せられる見事な手つきだった。門外漢《もんがいかん》の吉岡には銃に関する知識などほとんどないが、武藤はこのカスタムオーダーしたレミントンM７００を気に入っているようで、東原の狙撃にはこれを使いたいと言っていた。

広場で式典が始まった。

マイクを通した声が吉岡のいる屋上にも聞こえてくる。

東原までの射程距離は五百メートルとない。

最前列の椅子に座り、背筋を伸ばして胸を張った威風堂々《いふうどうどう》とした姿で主催者側の挨拶に耳を傾ける東原は、またとない標的だった。

武藤がライフルを構え、スコープを覗きながら照準を合わせる。

じわじわと手に汗を掻いてきて、動悸がしてきた。あたかも自分が狙われているかのような気になり、血圧が上がって呼吸が乱れだす。

バサバサッと斜め前方でカラスが羽ばたいた。

吉岡がそれに気を取られて東原から目を離した一瞬に、武藤がライフルを撃った。

東原の体が椅子ごと地面に頽《くずお》れる。

一拍置いて、誰かが「きゃああっ！」と金切り声に近い悲鳴を上げた。

誰かが「逃げろ！　撃たれるぞ！」と叫ぶ。

それを合図にしたかのごとく、周囲に座っていた人々が椅子を蹴る勢いで一斉に立ち上がり、我先にと逃げ出した。粛々《しゅくしゅく》と上品に微笑みながらスピーチに聞き入っていた来賓たちはパニックに陥った。他人を押しのけ、倒れた人を踏みつけ、正午からプレオープン予定だった建物の中に駆け込んで避難する。

倒れた東原の許には警備員や会場の係員たちが集まり、救急車の手配をしたり、上の指示を仰いだりしていた。

東原はピクリとも動かない。

望遠鏡で見ると、オーダーメードと思しき高級そうなスーツの胸元が血で染まっているのが確認できた。

「今度こそやったな」

吉岡はまだ興奮が治まりきっておらず、息を弾ませながら武藤に言った。

すでに武藤はライフルを分解し、ケースに収めていた。驚くばかりの早さだ。

「一刻も早くここを離れてください。すぐに警察が来ます」

人を狙撃した直後だとは思えないほど武藤は平静で、普段と変わらず、吉岡を急《せ》き立てる。

色の濃いサングラスをかけたせいで表情がわかりづらく、得体の知れなさが増していた。

「先に行ってください。僕はここをもう一度チェックして、遺留品がないことを確認してから出ます。あなたとはこれで契約終了です。よろしいですね」

「お、おう」

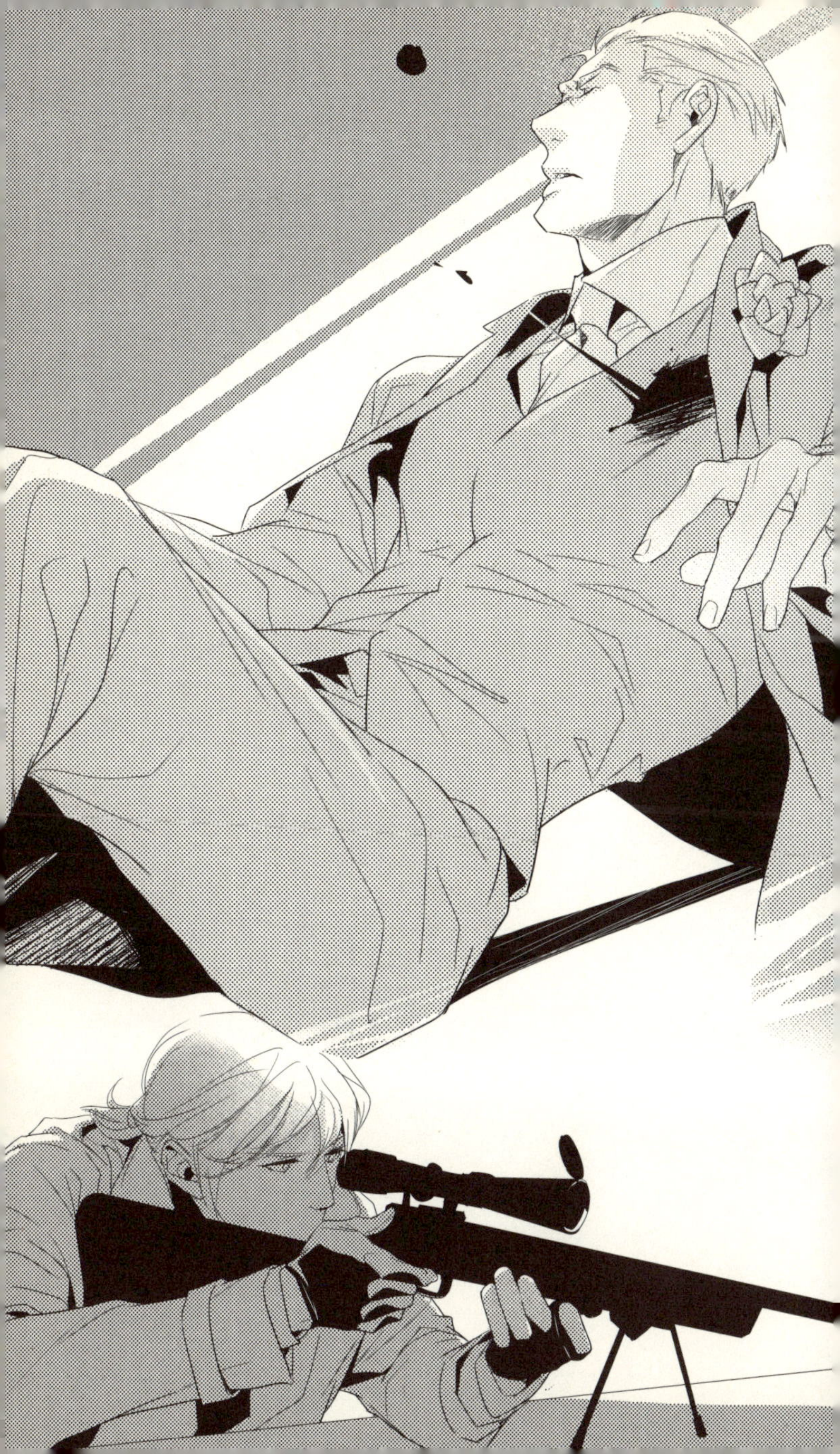

目の前で東原が撃たれるのを見た吉岡は、武藤の仕事ぶりに圧倒されていた。心臓を狙って撃ったのでおそらく即死だろう。疑う余地はないと思えた。

「空港に着いたらすぐにあんたの口座に残金を振り込む」

「お願いします」

武藤は淡々と言う。

金さえ積めばどんな輩《やから》の依頼でも受けると評判の男だが、不思議と金に執着している印象はない。意地汚さも感じられないが、確かにこの男は金次第なのだ。謎の多い男だった。

吉岡は武藤を残して屋上から下りた。

ビルを出て現場の方へ向かって少し歩くと、辺りは大混乱していて、人も車も思うように進めなくなっていた。

パトカーがサイレンを鳴らす音がやかましく続いている。

「撃たれたんですって」

「死んだらしいよ」

そんな声が耳に入ってきて、吉岡は知らず知らず笑っていた。

やってやった。ついに、やってやったぞ！

大声で叫びたい気分だったが、必死に抑えて駅まで急ぐ。

新宿《しんじゅく》駅のコインロッカーに預けておいた荷物を受け取り、電車に乗って成田へ向かう。

車中でもニュースが気になって、タブレット端末でたびたび検索をかけては、新たな情報が上がっていないかチェックした。

情報が錯綜《さくそう》していて報道関係者も事実関係を確認中なのか、ニュース記事に上がっている内容は、式典の最中に来賓に向けて発砲があったという第一報のみで、なかなか続報が出ない。撃った犯人の目星はついているのかどうか、どこから発砲されたかなどといった詳しいことにはまったく触れられていなかった。

警察の捜査がどこまで進んでいるのか気になるが、どちらにせよ、四時間後にはロサンゼルス行きの便に乗って空の上だ。心配する必要はないと己に言い聞かせた。なにより、実行犯は武藤で、吉岡はいっさい手を下していない。武藤に口を酸っぱくして言われたので、現場に自分を特定されるような遺留物は残さなかったはずだ。

一時間二十分かけて成田空港に到着する。

ビジネスクラスのチェックインカウンターで搭乗券とラウンジ利用券を受け取り、セキュリティチェックを受けるための列に並ぶべく向かっていると、「ちょっと申し訳ありません」と後ろから恐縮した声で呼び止められた。

「なんですか」

吉岡は振り返って背後に立つ二人連れのスーツの男を見ても、彼らがなぜ自分に声をかけてきたのかまったくわかっていなかった。

迷惑そうに眉を顰め、胡乱《うろん》な眼差しで二人を交互に見る。

相手も吉岡の顔を見て、二人でチラッと視線を交わし、間違いないというように頷き合った。

それでもまだ吉岡は相手の意図がわからなかった。

目的を遂《と》げた達成感に空港まで無事に着けた安堵感が加わり、電車の車内ではまだ感じていた不安すらも払拭され、一種のハイと呼ばれる状態になっていたようだ。頭がまともに働いていなかった。

「吉岡登《のぼる》さんですね。二十日に品川区の路上で起きた狙撃事件についてお尋ねしたいことがありますので、署までご同行いただけますでしょうか」

「申し遅れましたが、私、警視庁捜査一課特殊犯捜査係の泉田《いずみだ》といいます」

「同じく、田所《たどころ》です」

二人が懐《ふところ》から警察手帳を出し、開いて見せる。

次の瞬間、吉岡は何かに取り憑《つ》かれたかのごとく、くるりと踵を返して全力で逃げていた。

すでにパニック状態で、とにかく逃げること以外頭になかった。

俊足の刑事たちに追いつかれ、タックルをかけて床に倒される。

ワァワァ喚き声を上げ続けていたが、それもどこか自分ではないような感覚だった。

「公務執行妨害で逮捕する」

ガチャリと手錠をかけられ、吉岡はようやく暴れて喚くのをやめた。

二人の刑事に両脇を固められて引き立てられる。

周囲の旅客たちが何事かと興味津々にこちらを見、指差し、囁きを交わし合っている。

がっくりと項垂《うなだ》れ、俯いて歩いていた吉岡は、エレベータから降りてきた男とすれ違ったが顔は見なかった。

刑事たちに挟まれてエレベータに乗り込み、ようやく顔を上げた。

閉まりかけていた扉の隙間から、ベージュのトレンチコートを着て黒革の手袋を嵌めた男の後ろ姿が目に入る。

ハッとしたときには、扉は完全に閉まっており、エレベータは下降し始めていた。

*

連絡を受けてすぐに病院に駆けつけた貴史は、総合受付のある正面ロビーで東雲会若頭補佐の納楚の出迎えを受けた。

「お久しぶりです」

「こちらこそご無沙汰しております。さっそくですが、病室にご案内いたします」

挨拶もそこそこに、東原のいる病室へと向かう。

東原は、著名人がよく入院することで知られる、最新設備の整った総合病院の特別室にいた。

「失礼します。お連れしました」

納楚が畏まって声をかけると、内側から芝垣がドアを開け、二人を室内に入れてくれた。

広々として、大きな窓から穏やかな秋の日の陽光が降り注ぐ明るい病室には、芝垣の他にも二人、東雲会の幹部と思しきスーツを着た男が直立不動で控えていた。

特別室だけあって、ホテルの一室といったほうがしっくりとくる豪奢な部屋だった。ベッドは家具調のセミダブルサイズで、いわゆる電動リクライニングベッドといわれるものだ。チェストやテレビ台、照明器具などの調度品や備品も自宅にいるのとさして変わらない、デザイン性の高いものが揃っている。テレビや冷蔵庫などの電気製品も立派だった。

「よお」

東原はリクライニング機能を使って上体を少し起こした姿勢でベッドに横たわっていた。

立っているだけで重圧感を醸し出す四人の男たちが部屋の隅に控える中、貴史は萎縮することなく普段と変わらぬ足取りで東原の許に近づいていった。

すぐ傍らに行き、じっと顔を見合わせる。

東原も、貴史の顔を瞬きもせずに真剣な眼差しで見つめてきた。

「もう、体を起こしても大丈夫なんですか？」

東原の顔色はお世辞にもいいとは言い難く、貴史は体調を気遣った。

「ああ。弾を受けた胸は痛むが、幸い肋骨《ろっこつ》も折れてはいないようだから、直に治る」

「無茶しましたね」

貴史は掛け布団の上に置かれている東原の手に手を重ね、ギュッと握り締める。口を開くたびに言いたいことが溢《あふ》れそうになったが、それではもうわけがわからなくなりかねなかったので、ぐっと堪えた。必死に感情を抑えつけ、精一杯穏やかに、冷静に言葉を交わす。

「あらかじめメールで仔細を教えてもらっていたから、こんなに落ち着いていられますけど、聞いてなかったら取り乱してどうにかなっていたかもしれません」

恥ずかしいが、それが貴史の偽らざる心境だった。

東原は眩《まぶ》しいものでも目に入ったかのように顔を顰め、「おい」と芝垣を見て顎をしゃくった。はっ、と東原に向かって一礼した芝垣が他の三人を促し、病室から出ていかせる。最後に芝垣自身も外に出てドアを閉めていった。

広い病室内で二人だけになる。

よかったんだろうか、彼らにどう思われただろう、と少々面映《おもは》ゆくなりつつも、人払いしてくれて嬉しい。そのくせ、二人になった途端、妙にはにかんでしまってぎこちなくなる。考えてみると、こんな経験は初めてだ。東原が皆の前で貴史を恋人扱いする日が来るとは、以前は想像もしなかった。

「せっかくあいつらに席を外させたんだから、黙り込んでないでなんとか言え」

東原も照れくさいのか、急にぶっきらぼうになる。

不器用なのと、言動がわざとのように荒っぽいのだけは変わらないなと噛みしめる。

そんな東原が無性に愛おしかった。

「じゃあ、まずは、どういう経緯でこんな大芝居を打つことになったのか、説明してください」

「ああ？」

そうじゃないだろう、と不満げに眉を顰める東原に、貴史は強気を出して言う。

「色っぽい話はそれからです」

チッと東原が忌々しげに舌打ちする。それでも貴史を睨む目は、どこか小気味よさげだった。

「まぁ座れ」

貴史はベッドの傍に置いてあった背凭れ付きの椅子に腰を下ろす。

「簡単に言えば、別の人間が俺を殺すために雇ったスナイパーを、俺が雇い直したってことだ」

「よく向こうが乗りましたね。スナイパーってプロの殺し屋みたいなものなんでしょう？」

「ちょっと癖のある男で、金にさして未練も執着もないくせに、金次第で動くと聞いていたから、やつらが払うと約束した倍の金額で反対に俺が雇い直すってのはどうだと持ちかけたら、あっさり承諾しやがった」

「でも、そんな人を信じるなんて度胸がありましたね」

いくらなんでも危険な賭けすぎるのではないかと思って、貴史はあからさまに渋面になる。

結果的にこうして無事だったからいいようなものの、万一実弾で撃たれていたら、どんなに高性能の防弾チョッキを着ていたとしても、鉄板のようなもので心臓をカバーしていたとしても、ライフルの威力をもってすれば貫通していたかもしれない。貴史にはとうていまねできない荒技だ。相手が自分のよく知る人間、絶対に信頼できると思える人間だったとしても、とてつもなく勇気のいる選択ではなかろうか。

「そうだな、これぱっかりは言葉では説明できない感覚の問題だ。賭けと言えばもちろん賭けだった。相手を信じる根拠など俺にはなかったからな。強いて言えば勘だな」

「勘……ですか」

「ああ。理屈じゃないとき、最後はてめぇの勘を信じるしかない。やつと会って話してみたら、相当癖の強い男だが、俺に興味があるようだったし、俺と組んで仕事をするのがやぶさかでなさそうだった。組んで仕事をするにはもってこいの相手だと、ウマが合いそうな感触をお互い持ったのがわかったんだ。とりあえず一度俺が死んでみせれば八方丸く収まるし、自分も前の契約を反故《ほご》にせずにすむ、と澄まして言う厚かましさと憎めなさに、こいつは面白いやつだと思った。騙し討ちにされる心配はなさそうだと、肌で感じたんだ」

東原の言わんとするところはわかるものの、常人にはやはり理解が難しく、こんなことは二度とあってほしくないと願わずにはいられない。貴史はなんと相槌を打てばいいかもわからず、困った顔をして東原の話を聞いていた。

「実際やつと会って話ができたから賭けに出る気になれた。自分の目を信じたということだ。向こうがおまえに関心を持っているとわかったから、おまえを見張ることで簡単にやつと接触できた。おまえのおかげだ、貴史」

「僕は何もしてませんよ……」

東原から、おまえのおかげなどという言葉をかけられて、貴史は気恥ずかしかった。嬉しいのだが、首筋が寒くなる思いというのを味わう。

「やっぱり、僕には棗と名乗っていたあの人が……なんですか？」

「そうだ。本名は違うが、そいつはおまえが知らなくていいことだ」

「ええ。僕も知りたいとは思いません」

確かに底知れない魅力と恐ろしさを感じさせる人だった。貴史は棗を思い出し、ザワッと肌が粟立つ感触に見舞われ、微かに身を震わせた。

「でも、そうなると、僕を助けてくれたのもあの人なんですね」

「竹林がおまえを拉致する計画を立てたと知って、先回りして事務所の近くで張っていたようだ。おまえからメールをもらう前に、やつから俺に『助けておきましたよ』と恩着せがましく電話があった。おまえが無事だっただけでも、あいつを俺が雇い直した甲斐があったと思ったぜ」

それに関しては貴史も感謝しなくてはいけないと素直に思った。

なにより、東原の率直な言葉が嬉しかった。

「スナイパーを雇った二人も警察に逮捕されたし、これでこの件はカタがついたと見なしていいだろう。空港で逮捕された吉岡が、俺を殺すつもりで竹林と共謀してスナイパーを雇ったことを認めたそうだ。竹林にも逮捕状が出たと聞いている」

東原は警察内部にも情報を流してくれる知人がいるようで、すでにそこまで摑んでいた。

「でも、肝心のスナイパーは逃がしてしまったんでしょう？」

「また逃げられた、と知り合いが腹立たしげに言っていたな」

「あなたが逃げやすいように便宜《べんぎ》を図ったんじゃないんですか」

そのほうがいっそ東原らしいと思って、貴史は何一つ知らないながら推察した。

ふん、と東原が愉快そうに薄笑いする。それが貴史の質問に対する返事だった。

貴史はほうっと溜息を洩らし、指でこめかみを押さえた。

犯罪者をみすみす逃がすのは不当な行為だが、個人的には恋人の命を助けてくれたわけだから今回は仕方がないと思う気持ちもあって、複雑だった。つくづく警察官や検事でなくてよかったと思う。もしそうだったなら、職務と個人的感情の板挟みになって、もっと悩んだに違いない。

「どのみち、今頃はもう空の上だろうよ。どこの国へ行くのかまでは俺もあえて聞いてないが」

どことなく楽しそうな東原を見て、貴史はまた新たな心配の種を撒かれた心地だった。東原にまた一人厄介な知り合いができたのは間違いないようだ。棗と名乗った男と東原とは、会えば意気投合しただろう。別々に話をしただけだが、貴史には二人が顔を合わせたときの様子が想像できた。雰囲気はまるで違うが、本質は似ている気がしたのだ。人は不思議と、自分に近いカテゴリーだったりレベルだったりする人を引き寄せる——そんな言葉を聞いたことがある。それをふと思い出した。

「もうこれで納得したか」

「ええ、まぁ、だいたいのところは」

貴史は東原に期待の籠《こ》もった目でひたと見据えられ、椅子の上でもぞりと尻を動かした。

空気が一気に甘やかさを含んだ気がして、面映ゆくなる。

「……いつ、退院するんですか……？」

覚束ない口調で聞く。何か喋っていないとますます濃密な雰囲気になりそうで、いくらなんでもそれはまずいだろうと焦った。どれほどホテルのような設《しつら》えの部屋であってもここは病院だ。

「明日にはもう出ていきたいところだが。大事を取って入院したが、ひととおり検査してもらってどこも異常ないと医者のお墨付きをもらったからな。まぁ、半分はマスコミ対策だ」

「いろいろ大変ですね」

貴史はちょっぴり皮肉を交えて言い、東原がムッとする前に再び東原の手を取って、力を込めて握りしめた。

「慰めに来てくれたんじゃなかったのか」

東原が色香の滲む声音で貴史を煽り、誘惑する。

「お見舞いに来たんですよ。あらかじめこうなると知っていたから、狼狽えはしませんでしたけど、無傷ですむはずはないと思っていましたし」

「模擬弾に細工をして威力を落としたものを、凄腕が正確に鉄板でガードした心臓を狙ってくれたからな。ちゃんと輸血用の血液が入った袋を撃ち抜いたようだ。それでも失神するほど痛烈な衝撃を受けて、椅子から転げ落ちたみたいだが」

「肋骨にヒビが入るくらいしたほうが、しばらくおとなしくしてくれてよかったかもしれないですね」

「馬鹿言うな」

次第に会話のテンポも上がってきて、東原に遠慮のない冗談まで言えるようになってくると、貴史の理性を感情が凌駕《りょうが》し始める。いけないと抑えようとするが、それ以上に強い情動が襲ってきて、我慢や常識などといったものを押し流す。

腕を取られてグイと引き寄せられ、貴史は椅子から腰を浮かしていた。

東原がリモコンを操作してリクライニングを元に戻す。

マットレスごと上体を寝かせていく東原に覆い被さる格好で、貴史もベッドに体を乗り上げさせていた。

「俺の心臓がちゃんと動いているかどうか、確かめなくていいのか」

さらに艶っぽい声と視線で唆《そその》かされて、貴史は東原の思う壺になった。貴史自身、東原に触れて熱と匂いを確かめないと気がすまなくなって、欲情に負けた。

掛け布団を捲り、東原の着ている病院の寝間着の紐を解く。

上衣を開いて胸板をはだけさせる。弾力のある筋肉がほどよく盛り上がった胸には青紫色の打《だ》撲《ぼく》痕のようなものがついていたが、それ以外に怪我はないようだった。

「これも直に消える。押さえたら痛むが、肺にもどこにも影響はない」

「痛そうですよ」

貴史は眉を顰め、見るも痛々しい青痣を手でそっと撫でた。

「上着、脱げよ」

そうしている間にも東原に上着を脱がされ、ネクタイを解かれる。

シュルッという衣擦れの音がして、それがとてつもなく艶めかしく淫靡に響き、貴史の性感をますます昂らせた。

「昔、小説を読んでいたら、男が男に電話口で『ネクタイを外す音を聞かせろ』って言う場面があった。浮気してないかどうか確かめるためにな。すげぇ色っぽいと思ったもんだ」

「いつか自分も言おうと思っていたんですか」

「いっぺん使ってみたい言葉ではあるな」

「似合いそうですよ、あなたなら」

貴史はクスッと笑って、東原の胸板に唇を触れさせ、張りのある肌を啄《ついば》んだ。

痣になった場所を避け、それ以外を埋め尽くすように丹念にキスを施していく。

東原の大きな手が貴史の後頭部を包むように被せられてきて、指の腹で頭皮を愛撫する。マッサージされているようで心地よかった。

「その小説のキャラクターも、ちょっと傲慢な自信家だったんじゃありませんか」

徐々に体をずらして、ベッドに横たわった東原の下腹部へとキスや指を辿らせる場所を変えていく。

「ためしに僕に言ってもいいですよ」

「そう言われると、言う気がなくなるな」

東原はさして悔しそうな素振りも見せずに返す。

「おまえが俺を裏切るとも思わないしな」

「僕も、あなたが僕以外の誰かのものになるとはもう思ってないです」

「昔は思っていたみたいな言い方だな」

「それは、まぁ……。僕は今より全然自分を信じられませんでしたから」

「俺は……」

東原は逞《たくま》しい両腕でやおら貴史の胴を摑んで持ち上げると、自分の腹の上に跨《また》がらせた。

「……俺は、おまえに惚れてからは、自分の意思で抱いたのはおまえだけだ。一度、宗親《むねちか》に屈してやつのイロとやらされたが、それ以外では潔白だ。信じようと信じまいとかまわんが」

「信じますよ」

貴史は静かだが断固とした口調で言い切った。

東原の上に乗り、精悍《せいかん》な顔を一段と男前に見せている、力強くて真摯な目を見つめた。

東原も貴史の眼差しを真っ向から受けとめ、逸らさない。

視線を絡ませ合ったまま、貴史は上体を傾がせ、東原に顔を近づけた。

唇を薄く開いた状態で、口と口とを重ねる。

チュッと音をさせて東原の唇を吸うと、次に東原からも同じように貴史の唇を吸ってきた。

湿った粘膜が接合する淫靡な音が、まだ窓の外も明るい病室に幾度も響く。

はじめは、くっつけては離すだけの啄むようなキスだったのが、徐々にもっと深く貪るような濃密な行為に変わっていく。

舌を絡ませ、唾液を啜るような熱いキスを続けながら、貴史は東原の手でシャツのボタンを外され、上半身裸にされていた。

両胸の粒を摘んで弄《いじ》られる。

キスで高められていた性感がさらなる刺激で増幅し、敏感な乳首を硬く尖らせる。下腹部も疼いて欲情を滾らせ、ズボンの中が窮屈だと主張するように布地を押し上げだしていた。

東原の股間も硬くなり、貴史の尻に当たるようになってきた。

「ここ、病院……ですよね」

「ああ」

わかりきったことを聞くな、と言わんばかりに東原の目が貴史を揶揄する。

「……っ、あ、あっ……！」

両手で一度に左右の突起を乳暈《にゅううん》ごと嬲られ、刺激の強さに貴史は乱れた声を上げた。

胸を庇うように背中を丸めると、東原が腰を撥ねさせて貴史の体を下から揺すり、姿勢を正させる。張り詰めた陰茎が衣服で擦れて淫靡な陶酔《とうすい》に襲われ、艶めかしい声が口を衝いて出た。

「ああっ、だめ。ンン……ッ」

跨がらされて、下から揺さぶられるだけで、こうも感じさせられるとは思っておらず、また新たな快感の求め方を教えられて、貴史ははしたなく乱れた。

東原に抱かれるたび、もうこれ以上は無理だと泣きが入りそうになるくらいまで追い詰められるのに、どこまでいっても悦楽の享受《きょうじゅ》に際限はなく、己の欲望の強さ、貪婪《どんらん》さが怖くなる。

体が昂揚し、熱く火照《ほて》りだすにつれ、なりふりかまわず欲情に身を任せたくなってくる。

羞恥にまみれながら淫らなセリフを口走り、喘ぎ、啜り泣き、髪を乱してははしたなく腰を揺すってしまう。

痛いほど硬度を増して張り詰めた陰茎を解放するため、自らベルトを外して下着ごとズボンを膝まで下ろす。前は淫らにそそり立て、尻は剝き出しになった。他人には見せられない猥《みだ》りがわしい格好だ。

「何も……ないですよね？」

腰を浮かして双丘の谷間を自らの手で割り開き、窄《すぼ》んだ秘部の乾いた感触を確かめつつ、貴史はいちおう聞いてみた。

「ある、と言ったら引くか」

用意していたのか、と少し呆れたが、東原ならそれくらいしてもおかしくない。むしろ東原らしいと思って、貴史は苦笑する。貴史が来ることはわかっていたはずだが、それにしても遠慮も節度もあったものではない。とはいえ、おかげで助かるので四の五の言えた立場ではなかった。

傍らのチェストの抽斗を開けて取り出した潤滑剤を渡され、貴史は指に垂らした液を自らの後孔に塗《まぶ》し、潤いを施した。

きつく締まった襞《ひだ》を割り、濡れそぼった指をググッと付け根まで潜らせる。

「んん……っ」

自分の指にも感じてしまうほど淫らに反応するようになった体が恥ずかしい。

膝立ちになっているせいでよけいな力が入るのか、筒の中がいつも以上にきつく感じられる。

湿った内壁を己の指に吸いつかせる。それを押し広げ、掻き分けながら秘肉を解す。

ぬるぬるした潤滑剤の助けもあって、何度か指を出し入れするうちに異物を穿《うが》たれることに慣れた後孔は柔らかくなってきた。

頃合いを見て、中指に人差し指を添え、二本一緒に潜らせる。

「あ、あっ……あっ」

さすがにはじめは抵抗があり、上擦《うわず》った声が出る。

それでも確かに貴史は快感を得ていて、ビクビクと内股を引き攣らせ、反らせた顎をぶるっと震わせた。

揃えた指を奥まで入れて、グチュグチュ濡れそぼった器官を掻き混ぜる。

やがて抜き差しもスムーズにできるようになってくると、絡みつく内壁を擦るたびに快感に打たれ、はしたない喘ぎ声を洩らしだす。

「……はっ、あ……あぁ、んっ！」

唇を噛んで耐えようとする貴史の乳首を、東原がクニクニといやらしく揉みしだく。

「あ、だめ……だめ……っ」

押し潰されたり、引っ張り上げて抓《つね》られたり、爪の先で抉《えぐ》ったり弾いたり、様々なことをして刺激し、貴史を悶えさせる。

乳首にかまう一方、股間でそそり立つ陰茎にも巧みな手淫を加えられた。

「あぁあ……っ、あ……んんっ、うっ……く……！」

握りしめて扱《しご》き立てられ、先端の隘路《あいろ》を爪の先で抉って嬲られ、括《くび》れを親指の腹で擦り立てられる。下腹から溜まったマグマが吹き上げるような悦楽に幾度となく見舞われ、貴史は後孔を弄るのもままならなくなってきた。指を抜き去り、前屈みになって両手をシーツに突き、東原の腹の上で体を揺すって身悶える。

貴史の陰茎から溢れた先走りが東原の手を汚す。

けれど、達《い》きそうになるとはぐらかされて、落ち着くと再び追い上げられる。何度もそれを繰り返され、同じ目に遭わされた。

「ああ、あっ。もう……だめ」

解れた後孔は物欲しげにひくつきっぱなしで、貴史は我慢しきれず、東原の腰から寝間着のズボンをずり下げた。

東原の陰茎も剛直と表現していいほど硬くなり、先端を淫らに濡らしている。

「これ、奥にください」

「欲しいなら自分で挿《い》れてみろ」

セクシーな声で煽られ、性感がさらに高まる。

恥ずかしさよりも欲求が先に立ち、なりふりかまっていられなかった。

手を添えなくても屹立したままの陰茎に、ヒクヒクと物欲しげに収縮する秘部の位置を合わせ、ゆっくりと腰を落とす。

硬い先端が柔らかく寛げられた襞をこじ開け、ヌプッと中に入ってくる。

くうう、と貴史は顎を擡げて喘ぎ、熱い息を洩らした。

頭の中が恍惚《こうこつ》として、背筋が淫らな快感に震える。

「いいか、そんなに」

「はい」

東原の声さえも官能を煽り、貴史はガクガクと頷いた。

「ああああっ、すごい。硬い」

腰を落とすにつれ、熱くて太い肉棒が濡れた内壁を擦り立てながらずぷずぷと奥へ進み入ってくる。熟《う》れて、太いもので穿たれるのを待ち侘びていた後孔が嬉々《きき》として東原を絞り上げる。

ふうっ、と東原の息遣いにもたまらなそうな響きが交じりだす。

狭い器官を好きな男のものでみっしりと埋め尽くし、繋がり合って、一つになる。

この淫らで恥ずかしさの極みのような営みに、貴史は脳髄が痺れるほどの歓びと幸せを感じ、目頭を熱くした。

「好きか、俺が」

東原に熱の籠もった眼差しで見つめられ、根本まで含み込んだ陰茎を中で動かされる。

ズンと奥を突き上げ、少し引き、次にはズンズンと小刻みに突き回される。

「あ……っ！　あ、あっ」

「貴史、俺が好きか」

答える間もなく喘いでしまった貴史に、東原が重ねて聞いてくる。

「は、はい」

貴史は快感に身を震わせながら答えた。

「好きです」

もうどうしようもない。

東原に会うたび、抱かれるたびに、貴史は腹を括り直している。

東原が好きすぎて、たとえ破滅するとわかっていたとしても東原に加担し、東原を選び取るであろう未来が想像できる。というか、それ以外がもはや考えられない。落ちたものだと思う。今や貴史は身も心も完全に東原のものだった。そして、東原もまた、貴史のものだと信じられる。

「おまえは俺が守る」

下から貴史の後孔を緩急《かんきゅう》つけた動きで突き、中に入れた剛直を抽挿《ちゅうそう》させながら、東原も欲情に濡れた声で言う。

「おまえが俺を捨てなきゃならなくなるような事態にはさせない」

それが東原の「守り方」なら、貴史は最後まで信じてついていこうと思った。どのみち、捨てるという選択肢は、貴史の中から消えている。

「守ってください」

貴史は潤んだ目で東原を見下ろし、湿った息をつく合間に言った。

「……僕も、僕にできる形で、あなたを守ります」

我ながら大胆で身のほど知らずな、生意気な発言だったかもしれない。

しかし、東原は茶化《ちゃか》さなかった。

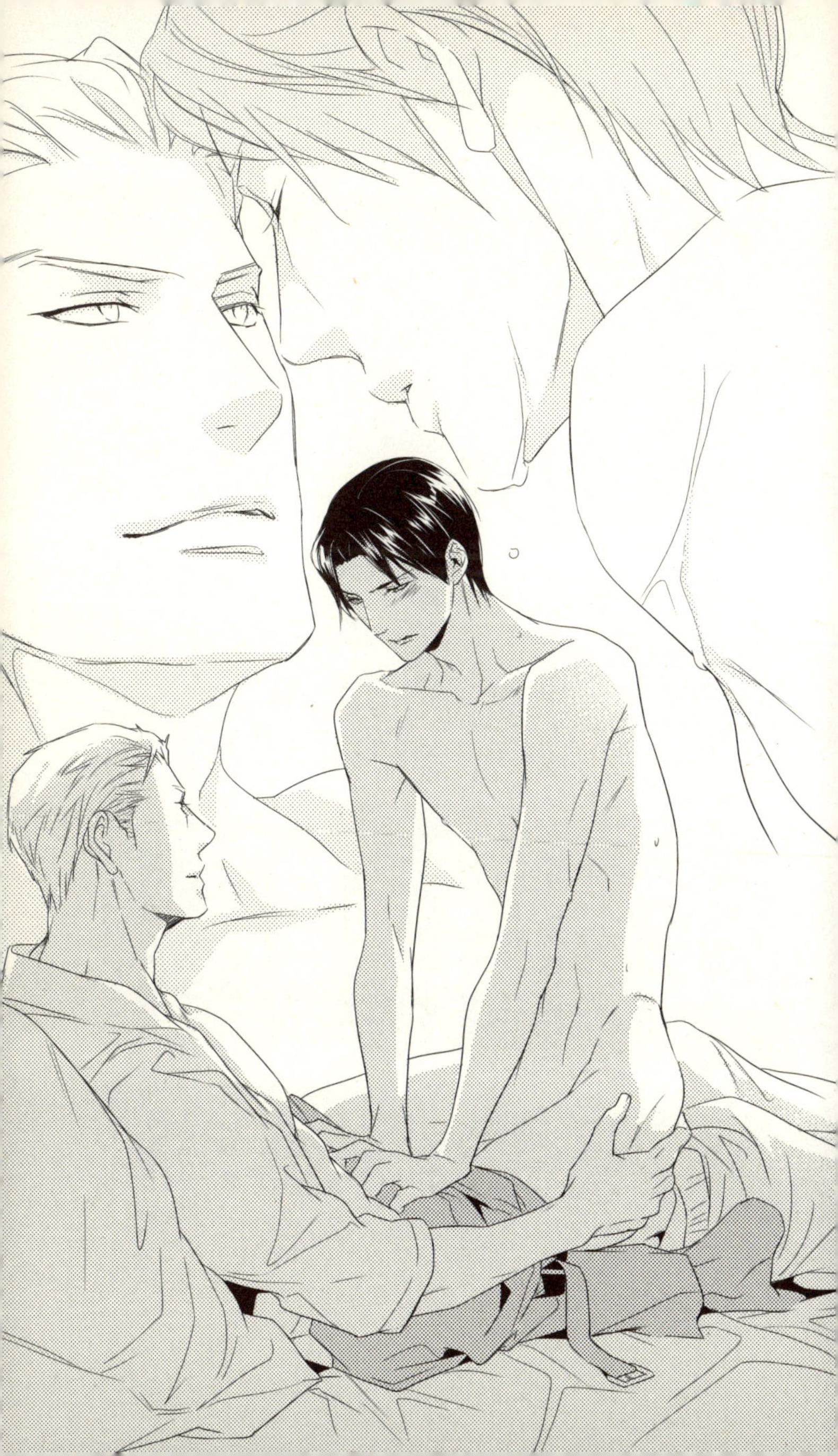

「ああ。俺にはおまえが必要だ。俺の傍にいることで俺を守ってくれ」

東原の口からこんなセリフを聞くとは思っておらず、貴史は驚きと感激とで胸が詰まりそうになった。具体的に何ができるかは貴史にもわからないが、東原が求めているのは、ただ傍にいるだけでいい、それが自分の力になるということだ。これ以上の言葉はないと貴史は思った。もう少しで目から熱いものが零れてしまいそうだったが、東原は貴史にそんな余裕も与えてくれなかった。

腰をがっちり両手で支え、ズンズンと容赦なく突き上げられる。

「あっ、あっ、あぁあっ！」

眩暈《めまい》がするほどの悦楽が間断《かんだん》なく襲ってきて、貴史は喉が嗄《か》れるほど喘ぎ、啜り泣いた。

後孔に東原を受け入れ、股間で揺れる性器を左手で緩やかに扱《しご》き、右手でツンと尖った乳首を自分でかまう。我ながらあさましい限りの痴態《ちたい》だ。この姿を東原に見られているのだと思うと、全身に火をつけられたような恥ずかしさに包まれる。それがまた官能を高めた。

「ああっ、東原さん……っ！」

「貴史」

二人で性感を高めるだけ高め合い、最後の瞬間は同時に迎えた。

東原の放った熱い迸《ほとばし》りを体の深い部分で受けとめ、貴史自身も東原の腹に白濁を放つ。

弾んだ息を整えもせずに、上体を屈めて東原の口を貪った。

吐息を絡め、濡れた口腔《こうこう》に舌を差し入れてまさぐり、唾液を舐め取る。

東原からも濃厚なキスを返された。

「この、ぶんだと……明日は、退院許可が出るんじゃなく、て……、もういいから、さっさと出ていってくれと、追い出されそうですね」

弾む息の中、貴史が愛情を込めて茶化すと、東原も「そうなるかもしれねぇな」とふてぶてしく頷いた。

悪びれない男と一蓮托生《いちれんたくしょう》になった貴史は、さしずめ懲《こ》りない男といったところか。

それもまたいいと思う貴史は、己がさらに一段階強くなったと感じるのだった。

あとがき

このたびは拙著をお手に取ってくださいまして、ありがとうございます。

情熱シリーズの東原と貴史メインの『艶』編、第三弾です。

東原さんはシリーズ一冊目の「ひそやかな情熱」から、貴史さんのほうは二冊目の「情熱のゆくえ」から脇役として登場してもらっていましたが、今や遥さんと佳人の主人公カップルと半々のご支持をいただくほど、いつのまにか存在感を大きくしていった人たちです。そしてついには「艶悪」で二人が主人公になったわけですが、作者としましては、もう、ありがたいの一言です。

読者の皆様に応援していただいたおかげで、こうして三冊目を書くことができました。本当に感謝しております。

情熱シリーズのテーマの一つに「変化」というのがあるのですが、東原さんと貴史さんの関係性も少しずつではありますが確実に変わっていっていると思います。本作では東原さんの過去にスポットを当てました。今までほとんど書いてこなかった部分ですので、私自身いろいろな発見があって興味深かったです。

肝心の恋愛部分もがっつりと書かせていただいたつもりです。

読者の皆様にもお楽しみいただける内容になっていれば幸いです。

新キャラの武藤さんは、この一作で手放すには惜しい人に私の中でなりましたので、機会があれば情熱シリーズとは関係ない別の世界で活躍する話を書いてみたいなぁと思っています。彼で一本書くには相当がんばって資料を読み込まないといけなそうですが、いつかぜひ挑戦してみたいです。役柄的にもいろいろな場所に出没させられそうなので、本作を執筆していたときからあれこれ妄想を逞しくしておりました。もしも、どこかで武藤啓吾氏をお見かけになることがありましたら、あ、あのときの人だ、と思い出していただけると嬉しいです。

今回もイラストは円陣闇丸先生にお世話になりました。お忙しい中、素敵なイラストをありがとうございます。美麗かつセクシーなイラストの数々で拙著を飾っていただき感激です。

この本の制作にご尽力くださいましたスタッフの皆様にも厚く御礼申し上げます。今後ともどうぞよろしくお願いいたします。

ご意見、ご感想等ありましたら、お気軽にお寄せください。お手紙はもちろん、ツイッターやメール等で一言いただけると嬉しいです。一通一通大切に読ませていただいております。

それでは、また次の作品でお目にかかれますように。

ここまでお読みくださいまして、ありがとうございました。

遠野春日拝

◆初出一覧◆

艶乱《いろのみだれ》　　　　／書き下ろし

ビーボーイ小説新人大賞募集!!

「このお話、みんなに読んでもらいたい!」
そんなあなたの夢、叶えませんか?

小説b-Boy、ビーボーイノベルズなどにふさわしい小説を大募集します!
優秀な作品は、小説b-Boyで掲載、もしかしたらノベルズ化の可能性も♡

努力賞以上の入賞者には、担当編集がついて個別指導します。またAクラス以上の入選者の希望者には、編集部から作品の批評が受けられます。

大賞…100万円+海外旅行

入選…50万円+海外旅行

準入選…30万円+ノートパソコン

佳　作　10万円+デジタルカメラ
努力賞　5万円
期待賞　3万円
奨励賞　1万円

※入賞者には個別批評あり!

◆募集要項◆

作品内容

小説b-Boy、ビーボーイノベルズ、ビーボーイスラッシュノベルズなどにふさわしい、商業誌未発表のオリジナルボーイズラブ作品。

資格

年齢性別プロアマを問いません。

注意!
・入賞作品の出版権は、リブレに帰属します。
・二重投稿は堅くお断りします。

◆応募のきまり◆

★応募には「小説b-Boy」に毎号掲載されている「ビーボーイ小説新人大賞応募カード」(コピー可)が必要です。応募カードに記載されている必要事項を全て記入の上、原稿の最終ページに貼って応募してください。
★締め切りは、年1回です。(締切日はその都度変わりますので、必ず最新の小説b-Boy誌上でご確認ください)
★その他の注意事項は全て、小説b-Boyの「ビーボーイ小説新人大賞募集のお知らせ」ページをご確認ください。

あなたの情熱と新しい感性でしか書けない、
楽しい、切ない、Hな、感動する小説をお待ちしています!!

ビーボーイノベルズをお買い上げ
いただきありがとうございます。
この本を読んでのご意見・ご感想
をお待ちしております。

〒162-0825 東京都新宿区神楽坂6-46
ローベル神楽坂ビル５Ｆ
株式会社リブレ内 編集部

リブレ公式サイトでは、アンケートを受け付けております。
サイトにアクセスし、TOPページの「アンケート」から該当アンケートを選択してください。
ご協力をお待ちしております。

リブレ公式サイト　http://libre-inc.co.jp

BBN
B•BOY NOVELS

艶乱《いろのみだれ》

2016年6月20日 第1刷発行

著者――遠野春日

©Haruhi Tono 2016

発行者――太田歳子

発行所――株式会社リブレ

〒162-0825

東京都新宿区神楽坂6-46ローベル神楽坂ビル

営業 電話03(3235)7405 FAX03(3235)0342

編集 電話03(3235)0317

印刷所――株式会社光邦

定価はカバーに明記してあります。

乱丁・落丁本はおとりかえいたします。

本書の一部、あるいは全部を無断で複製複写（コピー、スキャン、デジタル化等）、転載、上演、放送することは法律で特に規定されている場合を除き、著作権者・出版社の権利の侵害となるため、禁止します。

本書を代行業者等の第三者に依頼してスキャンやデジタル化することは、たとえ個人や家庭内で利用する場合であっても一切認められておりません。

この書籍の用紙は全て日本製紙株式会社の製品を使用しております。

Printed in Japan
ISBN 978-4-7997-2952-6